거짓말쟁이와 모나리자

THE SECOND MRS. GIOCONDA
by E. L. Konigsburg

거짓말쟁이와 모나리자

The Second Mrs. Gioconda

E. L. 코닉스버그 지음
햇살과나무꾼 옮김

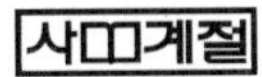

사□□계절

서문

 왜, 하고 사람들은 묻는다. 왜 레오나르도 다 빈치는 이탈리아의 공작들과 공작 부인들, 그리고 프랑스의 국왕까지 초상화를 그려 달라고 간청하는 마당에 하필이면 별 볼일 없는 피렌체 상인의 두 번째 부인에게 초상화를 그려 준 걸까? 사람들은 묻는다. 왜, 도대체 왜일까?

 그 해답은 살라이한테 있다.

 '살라이한테 있다.'는 말은 딱 맞는 표현이다. 왜냐하면 살라이는 거짓말쟁이니까.*

 살라이, 그러니까 잔 자코모 데 카프로티는 좀도둑이기도 했다. 이것은 레오나르도가 직접 한 말이다. 레오나르도는 자신의 독특한 거울 글씨체*로 자신의 공책에 살라이를 '거짓말쟁이', '도둑', '고집불통', '먹보'라고 썼다.

* '있다'라는 뜻의 영어 'lie'에는 '거짓말하다'라는 뜻도 있다.

*거울 글씨체 : 레오나르도 다 빈치의 독특한 글씨체로, 글씨가 반대로 쓰여 있기 때문에 거울에 비추어 보아야 바르게 보인다.

레오나르도가 살라이에 대해 처음 쓴 글은 다음과 같다.

자코모는 1490년 성 막달라 마리아의 날에 우리 집에 왔는데, 나이는 열 살이었다. 다음 날 나는 그 아이에게 웃옷 두 벌과 반바지와 조끼를 맞춰 주었다. (……)

다음은 이렇다.

다음 해 1월 26일, 축제 준비를 하기 위해 메세르 갈레아초 다 산 세베리노의 집에 갔는데, 병사들이 축제 의상을 입어 보는 사이에 자코모가 그들의 옷과 함께 침대에 놓여 있던 지갑에서 돈을 훔쳤다.

그 다음은 이렇다.

(……) 이 자코모란 아이는 내 터키제 가죽을 훔쳐다가 구두 수선공에게 20솔디에 팔아 넘기고는, 그 돈으로 아니스 과자를 샀다고 나중에 실토했다.

그 뒤로는 살라이가 도둑질한 이야기는 나오지 않지만, 레오나르도의 가계부에는 살라이가 계속 등장한다. 이런 내용도 있다.

30스쿠도가 있었는데, 그 중 13스쿠도는 여동생의 결혼 지참
금에 보태라고 살라이한테 빌려 주고 17스쿠도가 남았다.

마지막으로 살라이는 레오나르도의 유언장에도 나온다.

나 레오나르도 다 빈치는 하인 살라이에게 밀라노 성 밖에 있
는 농지의 반을 유산으로 남긴다. 그 농지에 살라이가 지은 집
은 앞으로 살라이 자신과 그의 상속인과 후손들의 재산이 될 것
이다. 이것은 내 하인 살라이가 지금까지 성실하고 친절하게 봉
사해 준 데 대한 보답이다.

사람들은 묻는다. 왜, 도대체 왜 레오나르도 다 빈치는 이
거짓말쟁이에다 좀도둑인 살라이를 쫓아내지 않고 곁에 두
었을까? 그렇게 오랫동안 왜? 왜 레오나르도는 살라이한테
여동생의 지참금을 빌려 주고, 유언장에까지 이름을 올려놓
은 것일까?
왜?
그 해답은 이 책에 있다.

1

7월의 그 날, 밀라노는 몹시 더웠다. 살라이는 더워서 짜증스럽다는 생각밖에 들지 않았다. 살라이는 성 쪽으로 어슬렁어슬렁 다가갔다. 성을 드나드는 사람들은 늘 시원해 보였다. 부자들은 마치 아무도 모르는 자신들만의 산들바람을 쐬며 걸어다니는 것 같았다. 하지만 오늘은 그들의 모습을 봐도 덥다는 느낌밖에 들지 않았다. 살라이는 부자가 아니므로 시원할 리 없었다. 그러니 가난뱅이는 가난뱅이 나름대로 더위를 잊을 수밖에. 가령 딴 생각을 하는 것으로 말이다.

살라이는 달콤한 과자를 떠올렸다. 돈이 생기면 당장 아니스 과자를 사 먹어야지. 그러면 좀 시원해질 거야. 돈이 없다는 것과 부자가 아니라는 것은 전혀 다른 문제이다. 돈이란 건 없다가도 생기는 거니까.

살라이는 성으로 다가가다가 성에서 나오는 두 신사를 발견했다. 살라이는 잽싸게 그쪽으로 걸어가 그 중 한 사람한테 툭 부딪쳤다가 죄송하다고 말하고는 급히 갈 데가 있는 사람처럼 허둥지둥 걸음을 재촉했다. 하지만 멀리 가지 못했다. 누군가 뒤에서 살라이를 붙잡았던 것이다. 그 사람이 머리채를 끌어당기자 살라이의 고개가 젖혀졌고, 살라이는 끝도 없이 올려다보다가 머리채를 움켜쥔 사내의 강렬하게 번쩍이는 눈과 마주쳤다. 하늘만큼 키가 크고, 강렬하게 빛나는 눈만큼이나 광채 나는 수염을 기른 사내였다. 그런 눈, 그런 수염, 밀라노의 여름 하늘처럼 그렇게 길고 푸른 외투를 본 것은 교회에서 벽화를 보았을 때뿐이었다. 살라이는 어깨를 으쓱했다. 드디어 하느님한테 붙잡히고 만 것이다.

하느님 같은 사내가 명령했다.

"가져간 걸 내놓아라."

살라이는 지갑을 떨어뜨렸다.

"됐어, 칼도 떨어뜨려."

하느님 같은 사내가 말하자 살라이가 대꾸했다.

"그러면 칼날이 상해요."

"그럼 이리 줘."

하느님 같은 사내가 크고 깨끗한 왼손을 내밀자, 살라이는 그 위에 칼을 올려놓았다.

옆에 있던 사내가 말했다.

"이런, 나는 지갑 끈이 잘린 줄도 몰랐네, 레오나르도. 과연 자네 눈을 피할 만큼 빠른 게 있을까?"

하느님 같은 사내가 껄껄 웃었다. 그러고는 살라이를 핑그르르 돌려 세워 놓고 다그쳤다.

"왜 지갑을 훔쳤지?"

"전 아무것도 안 훔쳤어요. 저분이랑 부딪쳤을 때, 제 칼이 우연히 지갑 끈에 닿은 거예요. 그래서 지갑이 제 손 안에 떨어졌고요. 끈이 해졌나 봐요."

그러자 지갑 주인이 지갑을 허공에 가볍게 던져 올렸다.

"여보게 레오나르도, 서툰 변명이나 그럴 듯한 변명이나 근원은 하나구먼. 둘 다 궁지에 몰린 끝에 나오니 말일세."

그러고는 살라이를 돌아보며 말했다.

"꼬마야, 너를 붙잡은 분이 누군지 아니?"

살라이가 물었다.

"하느님이신가요, 나리?"

사내는 웃음을 터뜨렸다.

"아니, 하느님은 아니야. 하느님의 가장 뛰어난 창조물이지."

"아, 그럼 교회 사제님이신가요?"

"아니."

"공작 집안의 어른이신가요?"

"아니, 아니, 그렇지 않아."

사내는 그렇게 말하고는 길고 푸른 옷을 입은 친구에게 말했다.

"이 녀석을 혼내 줘야겠는걸. 내 지갑을 훔쳐서가 아니라 자네가 누군지 모른다니 말일세."

그는 다시 살라이를 보며 말했다.

"네 머리채를 잡고 계신 분은 밀라노 성 최고의 화가이자 지성인이자 기술자이며, 그래서 세계 최고라고도 할 수 있는 레오나르도 다 빈치 어른이시다."

살라이는 눈을 깜박거렸다.

"이분이 하느님도 아니고, 교회 사제님도 아니고, 공작 집안의 어른도 아니라면, 그럼 저도 제 말을 바꾸지 않겠어요. 그 지갑은 우연히 떨어진 거예요."

그러자 사내는 껄껄 웃었다.

"이 아이를 보내 주세, 레오나르도. 어차피 금방 또 말썽을 일으킬 녀석이야. 누군가 녀석을 혼내 주는 수고를 하게 될 걸세."

레오나르도는 살라이의 머리를 쓸어 넘기다가 엄지와 검지손가락으로 곱슬머리를 한 가닥 집어 들었다.

"아하, 이런! 때가 타서 금빛 머리카락이 빛을 잃었구나. 깨끗이 감으면 이아손*이 황금 양털로 착각할 텐데."

살라이는 이아손이 누군지 몰랐지만, 레오나르도라는 사

---

*이아손 : 그리스 신화에 나오는 영웅으로, 황금 양털을 찾으러 모험을 떠난다.

람이 자기를 칭찬하고 있다는 것을 눈치챘다. 그래서 씨익 웃어 보였다.

"지갑을 훔쳐 가서 뭘 하려고 했지?"

"지갑을 훔친 게 아니라니까요, 나리. 제 칼이 우연히 낡은 지갑 끈에 닿은 것뿐이라구요."

레오나르도는 자기 지갑을 열어 은화 한 닢을 꺼냈다. 그리고 그것을 소년에게 건넸다.

"자, 꼬마야, 이건 이제 네 거다. 이걸로 뭘 할 거지?"

"우와! 나리, 정말 인심이 좋으시군요."

살라이는 이렇게 말하며 살짝 절을 했다.

"나리는 정말 하느님의 가장 뛰어난 창조물이세요. 이 은화로 거룩한 저희 아버지께 장화 한 켤레 지을 가죽을 사 드릴 거예요."

그러자 레오나르도가 말했다.

"그럼 거룩한 너희 아버지를 만나러 가자."

그러고는 친구를 돌아보며 지갑을 던져 주었다.

"먼저 가게. 나중에 작업장에서 만나지."

이렇게 해서 훤칠한 키에 하느님처럼 빛나는 눈을 가진 잘생긴 사내와 거리의 꼬마 도둑 살라이는 밀라노의 거리를 나란히 걸어갔다. 소년은 하마터면 벌을 받을 뻔했던 사실도 까맣게 잊고, 심지어 아버지를 만나러 간다는 것도 잊은 채 그저 가는 데만 몰두해서 깡충깡충 뛰어갔다.

“저기가 우리 아버지가 계신 곳이에요.”

살라이가 손을 들어 가리켰다.

레오나르도는 껄껄 웃음을 터뜨렸다. 밖으로 터져 나오는 게 아니라 안으로 삼키는 듯한 웃음소리였다. 소년은 레오나르도의 표정을 살피고는 저도 소리내어 따라 웃었다.

레오나르도는 감탄했다.

“이런! 네 혀는 손보다도 훨씬 재치 있구나. 아버지가 제화공이라니. 가난뱅이 아버지한테 구두를 신게 해 주려는 줄 알았는데, 이제 보니 아버지한테 가죽을 사다 줘서 장화를 만들어 팔게 할 속셈이었구나.”

레오나르도는 손으로 이마를 문지르고는 이렇게 말했다.

“얘야, 네 아버지와 의논할 게 있단다. 네 말마따나 거룩한 너희 아버지랑 말이다.”

레오나르도는 살라이의 아버지와 이야기를 마친 뒤 밖으로 나와 살라이에게 물었다.

“이제 제화공의 아들 노릇은 그만두고, 레오나르도 다 빈치의 견습생이 되는 게 어떻겠느냐?”

“그럼 저도 파란 옷을 입을 수 있나요, 나리?”

“그럼.”

“언제요?”

“곧.”

“그래도 제 이름은 계속 살라이죠, 나리?”

“넌 항상 살라이야.”

“그럼 좋아요.”

살라이의 아버지는 견습비를 낼 형편이 못 되었으므로, 레오나르도는 살라이를 그냥 받아 주었다. 하지만 살라이는 감격하지도 않았다. 한순간 하느님한테 뒷덜미를 잡힌 줄 알았는데, 겨우 레오나르도 다 빈치였다니 조금 실망스러울 따름이었다.

2

　살라이는 레오나르도의 작업장에 있는 견습생들 중에서 가장 나이가 어렸다. 그래서 남들이 싫어하는 자질구레한 일들을 도맡아 해야 했다. 살라이는 무슨 일이든 즐겁게 했지만 서툴렀다. 살라이는 일거리가 생길 때마다 열심히 하려고 달려들었지만, 견습생들은 대부분 살라이가 해야 할 사소한 일까지 직접 했다. 차라리 그러는 편이 시간이 절약되었다.

　살라이가 작업장에 처음 왔을 때, 레오나르도는 밀라노를 통치하는 루도비코 스포르차 공작 밑에서 여러 가지 기술적인 작업들을 하고 있었다. 루도비코 공작은 '일 모로'라고도 불렸는데, 피부가 검어서 무어 인* 같았기 때문이다. 자신의 업적 못지않게 가문에도 긍지를 가지고 있었던 일 모로는 레오나르도한테 자신의 선친을 기리는 기념물을 만들라고 지

*무어 인 : 8세기 무렵 스페인을 정복한 아랍계 흑인 이슬람교도.

시했다. 그 기념물이란 바로 공작의 선친이 말을 타고 있는 동상이었다. 레오나르도는 말을 좋아해서 다른 일을 하는 틈틈이 거대한 동상을 구상했다. 레오나르도는 곧잘 일 모로의 마구간에 가서 말들을 스케치하고 자세히 관찰했다. 그리고 말의 뼈와 근육이 사람과 어떤 점에서 비슷한지 연구했다. 레오나르도는 항상 분필이나 펜, 공책 따위를 가지고 다니며 생각날 때마다 스케치를 하거나 종이에 뭔가를 기록하곤 했다. 이런 일은 흔히 있는 일이었다.

레오나르도는 말들을 연구하고 스케치하러 마구간에 갈 때 살라이를 데리고 갔는데, 그럴 때면 레오나르도는 왼손으로 펜을 쥐고 종이 위에 자신의 생각을 그림으로 표현했다.

레오나르도가 펜을 잡는 것을 처음 보았을 때, 살라이는 황급히 성호를 그었다.

"왜 그러느냐?"

레오나르도가 묻자, 살라이는

"아무것도 아니에요."

하고만 대답했다. 하지만 그 때부터 살라이는 되도록이면 레오나르도와 멀리 떨어져서 일하려고 애썼다. 작업장에 있는 젊은이들은 누구나 스승이 작업하는 모습을 가까이서 지켜보기를 좋아했지만, 살라이만은 기를 쓰고 스승의 곁에서 도망치려고 했다.

하루는 마구간에 단 둘이 있게 되었을 때, 레오나르도가 일 모로의 바르바리* 말 중에서 가장 훌륭한 말을 스케치하면서 살라이를 가까이로 불렀다. 살라이는 스승의 뒤에 서서 땅바닥만 빤히 내려다보고 있었다.

레오나르도가 말했다.

"얼굴 좀 보게 가까이 오너라, 살라이."

살라이가 옆으로 다가가자, 레오나르도는 왼손으로 스케치를 하면서 오른손으로 살라이를 도망가지 못하게 붙들었다.

"루도비코 공작께서 나더러 파비아에 가서 건축가들과 성당의 돔 문제를 의논하고 오라시는구나."

살라이는 계속 땅바닥만 내려다보면서 대답했다.

"예, 선생님."

"나하고 같이 파비아에 가지 않겠니, 살라이?"

"파비아가 어느 동네인데요, 선생님?"

"파비아는 밀라노 시 바깥에 있단다. 여기서 하루쯤 걸리는 곳이지."

한 번도 밀라노 밖을 나가 보지 못한 살라이는 기뻐서 고개를 반짝 들었다. 그러다 레오나르도가 그리던 그림이 언뜻 눈에 들어오자, 얼른 고개를 떨구고 성호를 그었다.

레오나르도는 웃음을 머금었다.

"함께 가지 않겠느냐고 물었는데?"

*바르바리 : 이집트를 제외한 북아프리카의 옛 이름.

　살라이는 천천히 눈을 들어 그림을 그리고 있는 레오나르도의 왼손을 홀린 듯이 바라보았다.

　"말 타고 가실 거예요, 선생님?"

　"그래."

　"지금 우리가 타고 갈 말을 그리시는 거예요?"

　"아니. 공작님께서 이렇게 훌륭한 말을 선뜻 내주실 리가 없지. 고작 그림쟁이와 짐을 싣고 가는데 말이다."

　"지금 그리고 계시는 말 말이에요. 그걸 다 그린 다음에 살아 있는 말로 만드실 거예요?"

　"왜 그런 생각을 하지?"

　"왼손으로 말을 그리시니까요."

　그러자 레오나르도가 웃으며 대꾸했다.

　"그래, 나는 오른손보다 왼손이 재주가 많지."

　"만일 하느님께서 선생님한테 재주를 주셨다면 오른손에 주셨을 거예요. 하느님의 힘은 오른손에 있으니까요. 왼손은 악마의 명령을 따르는 손이에요. 가끔 우리 아버지가 그랬어요, '저 말은 악마가 씌었어.' '저 말엔 악마의 표시가 찍혔어.'라구요."

　레오나르도는 웃음을 터뜨렸다. 그리고 소년을 똑바로 쳐다보며 말했다.

　"넌 오른손으로 지갑 끈을 잘랐지. 그것도 하느님께서 시키신 일이냐?"

살라이는 억울하다는 듯이 말했다.

"저는 지갑 끈을 자르지 않았어요. 끈이 해진 거라구요."

그러자 레오나르도가 말했다.

"자, 손을 줘 보렴."

살라이는 왼손을 내밀었다. 레오나르도는 그 손을 잡지 않았다.

"넌 왼손잡이가 아니잖아, 살라이. 어서 오른손을 내밀어라."

살라이가 레오나르도를 바라보며 애원했다.

"제발 왼손을 잡으세요, 선생님."

하지만 레오나르도는 꿈쩍도 하지 않았다.

"오른손을 내밀라니까."

결국 살라이는 눈을 질끈 감고 오른손을 내밀었다. 레오나르도는 그 손을 자신의 왼손 손등에 얹었다.

"자, 봐라, 살라이."

소년은 눈을 더욱 꼭 감았다.

"어서 보라니까!"

레오나르도가 명령했다. 살라이는 그제야 눈을 살짝 떴다.

"내 손의 근육과 움직임을 느껴 보렴. 내가 내 손한테 왼쪽으로 가라고 명령하면 손은 왼쪽으로 간단다."

레오나르도는 종이 위에서 팔을 휙 움직였다.

"내가 오른쪽으로 가라고 하면 오른쪽으로 가지."

그러더니 다시 반대 방향으로 팔을 휙 움직였다.

"이 손에 지시를 내리는 건 바로 나야. 내 눈과 머리가 이 근육들에 연결되어 무엇을 할지 명령하는 거란다."

레오나르도는 잠시 말을 멈추고 소년을 바라보았다.

"그러니까 악마는 내 작업에 끼어들지 못해."

두 사람의 손이 함께 종이 위에서 움직였다. 레오나르도의 왼손에 얹힌 어린 소년의 손가락은 마치 독수리 날개에 붙은 보푸라기 같았다. 살라이는 웃음을 머금었다. 지금 자신의 손이 창조의 등에 올라타고 있는 것이다. 레오나르도가 스케치를 멈추었는데도, 살라이는 계속 스승의 손등을 잡고 있었다.

레오나르도가 말했다.

"이제 손을 놓아도 된다, 살라이. 가서 짐을 꾸려라. 내일 새벽에 파비아로 떠날 테니."

살라이는 홀가분한 마음으로 짐을 싸러 가며 고개를 갸웃거렸다. 왜 모두들 레오나르도 다 빈치 선생을 그렇게 두려워하는 걸까. 레오나르도는 하느님이 아니었다. 맨 처음 만난 날 살라이는 그 사실을 알았고, 이제는 악마의 조수가 아니란 것도 알았다. 레오나르도는 하느님과 악마 사이에 존재하는 무엇이었다. 그것은 살라이도 마찬가지였다. 살라이라 불리는 잔 자코모 데 카프로티 또한 그런 존재였다.

레오나르도는 파비아의 건축물들을 연구했다. 치렁한 옷
자락을 늘어뜨린 채, 그는 말없이 거리를 돌아다니며 자신이
관찰한 것과 그때 그때 떠오르는 생각들을 스케치했다. 레오
나르도는 신이 창조해 낸 것들을 볼 때마다 그것들을 어떻게
만들었을까 궁금해했고, 사람이 만들어 낸 것을 볼 때는 좀
더 낫게 만들 방법을 고민했다. 레오나르도는 사람이 다니는
길과 동물이 다니는 길을 따로 만든 도시를 계획하기도 했
다. 만약 그런 도시가 있다면, 거리로 흘러 나온 오물에 긴
옷자락을 더럽히지 않고도 다닐 수 있을 것이다.

레오나르도는 파비아 대학에서 연구하는 유명한 사람들
도 만났다. 그들은 모두 뛰어난 수학자나 건축가, 시인 들이
었다. 그들은 자신들이 읽은 책이나 보았던 건축물, 미래를
위해 세운 계획을 두고 자유롭게 의견을 나누었다. 레오나르
도는 거의 말이 없었다. 살라이는 그 사람들이 가끔씩 말을
멈추고 레오나르도를 바라보며 뭐라고 말하기를 기다리는
것을 보았다. 하지만 레오나르도는 결코 그들의 말없는 기대
에 부응하지 않았다.

어느 날 밤, 그리스 어와 라틴 어 가운데 어느 것이 더 고
귀한 언어인가를 두고 한참 동안 토론을 벌인 뒤 숙소로 돌
아가는 길이었다. 살라이는 레오나르도에게 만일 투표를 한
다면 어느 쪽을 지지할 거냐고 물었다.

"투표를 해야 한다면 우리말에다 해야지. 우리 이탈리아

말은 상업과 밀접한 말이라서 언제나 싱싱한 활력이 넘치 거든."

살라이는 자신만만하게 말했다.

"나도 우리말에 투표할 거예요. 늘 듣는 말도 글로 읽으려 면 골치가 아픈데 생전 들어 보지도 못한 말을 읽고, 그걸 또 우리말로 바꿔야 한다고 생각해 보세요. 쓸데없이 두 과정을 거치는 거잖아요."

레오나르도는 소년의 논리에 빙긋이 웃음을 지었다. 살라 이는 그 웃음에 용기를 얻어 계속 떠들었다.

"선생님이 그 사람들한테 한마디 해 줬어야 하는 건데. 우 리 나라 말에 표를 던지지 그랬어요? 선생님의 한 표는 그 사람들 전체 표랑 맞먹었을 거예요. 선생님도 그 사람들만큼 이나 책을 엄청나게 읽었잖아요."

그러자 레오나르도의 얼굴에서 웃음이 희미해졌다.

"아니다, 살라이. 난 그 사람들만큼 책을 많이 읽지 못했 어. 그 사람들은 대학에서 공부하고 있어. 난 어른이 돼서야 라틴 어를 배웠고, 그것도 혼자서 공부했단다. 만일 내가 의 견을 말했다면, 그 사람들은 그리스 어나 라틴 어로 씌어진 작품들을 들먹이면서 반박했을 거야. 나는 실제로 관찰한 것 을 바탕으로 의견을 내놓지만, 그 사람들한테는 그런 게 하 나도 중요하지 않아. 그 사람들은 책에 쓰여 있는 것만 믿으 니까."

스승의 얼굴에서 웃음기가 완전히 사라졌다. 글을 읽는 것보다 사람들의 표정 읽는 법을 훨씬 먼저 배운 살라이는 스승의 웃는 얼굴을 다시 한 번 보고 싶었다.

살라이는 목청을 가다듬고 말했다.

"책을 읽네 하는 사람들은 저 잘난 맛에 살아요. 사실 내가 볼 때, 책을 많이 읽는다는 건 단지 남들의 생각을 따라가는 것밖에 안 되는데 말이에요."

살라이는 고개를 들어 레오나르도의 표정을 살피고는 말을 이었다.

"레오나르도 선생님, 선생님이 저한테 책 읽는 법을 시시콜콜 가르쳐 줘도 나는 책을 그렇게 많이 읽지 않을 거예요."

"너나 나나 그럴 염려는 없는 것 같구나, 살라이."

"난 그런 녀석들처럼 되고 싶지 않아요. 나 참, 세 나라 말로 책을 읽고 나면 세 사람의 의견에다 자기 의견 하나를 덧붙이는 셈이죠, 뭐."

살라이는 스승의 입가에 웃음이 어리는 것을 보았다. 그래서 쉬지 않고 말을 이었다.

"쳇, 그놈들은 말을 직접 보지도 않고 말이 어쩌고저쩌고 하고 써 놓은 책만 읽을걸요."

레오나르도의 얼굴에 점점 웃음이 번졌다.

"흥, 그놈들은요, 말이 자기한테 오줌을 갈겨도 책에 나와

있지 않으면 자기가 왜 젖었는지도 모를 거예요. 흥, 그놈들
은……."

레오나르도는 고개를 젖히고 안으로 삼키는 듯한 그 독특
하고 조용한 웃음을 터뜨렸다. 자신의 생각만큼이나 은밀한
그 웃음소리. 살라이가 원했던 것은 바로 그 웃음소리였다.
살라이는 굳이 말을 맺지 않았다.

레오나르도를 만나기 전까지, 살라이는 미신적 사고 방식
과 생존의 원칙에 따라 살지 않는 사람을 보지 못했다. 거
리를 떠돌 때, 살라이는 살아남기 위해서 이럴 땐 이런 사
람이 되었다가 저럴 땐 저런 사람이 되어야 했다. 레오나르
도의 작업장에서 살게 되면서 살라이는 미신이 한물갔다는
것을 눈치챘고, 살아남기 위해서는 레오나르도의 기분을 알
아차려 그때 그때 필요한 색깔을 공급해야 한다는 사실을
재빨리 깨달았다. 살라이는 어떤 때는 발그레한 분홍빛이
되었다가 어떤 때는 노란빛이, 또 어떤 때는 새파란 빛이
될 수 있었다. 살라이는 한 벌의 그림 물감만큼 다채로운
기질을 갖고 있었다. 그 중에서도 살라이가 가장 많이 가지
고 있는 색깔은 웃음이었다.

살라이는 예술과 학문의 원리를 배웠지만 관심을 갖지는
않았다. 라틴 어냐 그리스 어냐라는 논쟁이 벌어졌을 때 그
랬듯이, 그저 관심이 있는 척할 뿐이었다. 그렇다고 살라이
더러 진실하지 못하다고 하는 것은 부당하다. 그 진실되지

못한 태도가 바로 살라이의 진실이기 때문이다. 그리고 살라이의 진실에는 자기 보호 본능이 깊이 새겨져 있었다. 그리고 생존에서 얻은 본능을 통해 살라이는 자신이 레오나르도에게 웃음말고도 뭔가를 주고 있음을 깨닫고 있었다. 뭐라고 딱 꼬집어 말할 수는 없지만, 그것은 다른 사람들, 그러니까 고결한 사람들, 부유한 사람들, 학식 있는 사람들이 중요하다고 여기는 것들에 대해 살라이가 보여 주는 태도 때문인 것 같았다.

3

파비아에 머물던 레오나르도와 살라이는 루도비코 공작이 부르자 밀라노로 돌아왔다. 레오나르도는 살라이를 데리고 성에 가서 안내인을 따라 큰 방으로 들어갔다. 공작은 욕조 속에 앉아 있었고, 과일 쟁반이 가로놓인 욕조 옆에는 웬 귀부인이 의자에 앉아 공작에게 포도를 한 알씩 먹여 주고 있었다. 살라이가 욕조로 다가가려고 하자, 레오나르도가 얼른 잡아당겼다.

살라이는 자기 딴엔 소리를 낮추어 소곤거렸다.

"공작님은 거기까지 다 벌거벗은 거예요?"

레오나르도는 아무 대답도 하지 않았다. 단지 살라이의 망토만 힘껏 잡아당겼고, 살라이는 곧 입을 다물고 있어야 한다는 것을 눈치챘다. 레오나르도가 욕조 앞에서 허리를 숙여 절을 하자, 살라이는 곁눈질로 훔쳐보고는 자기도 허리를 숙였다가, 레오나르도가 일어나도 된다는 신호로 엉덩이를 툭

치자 그제야 고개를 들었다.

루도비코는 뜸들이지 않고 곧장 용건을 꺼냈다.

"점성술사들이 그러는데, 1월에 결혼하는 것이 좋겠다는 군."

레오나르도가 인사를 건넸다.

"축하드립니다, 공작님. 밀라노의 자랑이신 공작님께서 드디어 결혼을 하시다니, 온 밀라노 백성들이 기뻐할 것입니다. 공작님을 사랑하는 이들은 모두 공작님께서 어서 후계자를 보시기를 간절히 바라고 있습니다."

"내 신부는 전통 있는 고귀한 가문 출신일세. 언니는 만토바 후작과 결혼했고, 어머니는 나폴리 왕의 딸이지. 물론 그 두 사람도 결혼식에 참석할 걸세. 결혼식은 파비아에서 하지만 축하 잔치는 이 곳 밀라노에서 열 작정이야. 자네가 그 잔치를 감독해 주게. 야외극도 상연하고 축하 행진도 벌일 걸세."

"알겠습니다."

"자네는 잘 할 거야."

"물론입니다."

"그런데 뭘 할 생각인가, 레오나르도?"

"좀더 생각해 봐야겠습니다. 이처럼 중요한 행사를 급하게 준비하는 것은 현명하지 못합니다."

"시간이 몇 년씩 있는 건 아닐세. 이건 청동 기마상 같은 일이 아니야. 1월까지는 끝내야 하네."

"하지만 공작님, 청동 기마상이 완성되지 못한 건 제 책임만은 아닙니다. 공작님께서는 제게 많은 일들을 시키셨습니다. 대성당 건설을 감독하러 파비아에 갔다 온 일이나 시 외곽 방어를 위한 토목 공사나 전쟁 무기 설계, 또……."

그러자 공작이 물 속에서 검은 팔을 들어올렸다.

"됐어, 레오나르도. 이것만 얘기하지. 나는 이번 축하 잔치에 돈을 아끼지 않을 거야. 화려한 야외극을 공연하게. 모든 것이 깊은 감명을 줘야 해, 레오나르도. 다시 말하지만, 아주 인상 깊어야 돼."

"성대한 야외극을 꾸며 보겠습니다. 공작님이 교황보다 더 부유하다는 것을 새 신부께서 확실히 실감할 수 있도록 말입니다."

"내 신부가 어떻게 생각하든 상관없어. 그런 건 신경 쓰지 말게. 그녀는 이제 겨우 열여섯 살이야. 내가 부자라는 건 그녀도 알아. 그걸 모르는 사람이 어디 있겠나. 감명받아야 할 사람들은 따로 있네. 내가 얼마나 세련된 사람인지 그 사람들한테 꼭 보여 줘야 돼. 내 탁월한 안목을 보여 줘야 한단 말이야. 모든 것이 풍부하고, 호화롭고, 독창적이고, 재치 있어야 돼. 내 뛰어난 교양을 드러내 주어야 한다고. 반드시 눈부시게 화려한 축제로 만들어야 해, 레오나르도. 명령일세."

"모든 것이 공작님의 뜻대로 될 겁니다."

두 사람이 그 곳을 떠나려고 막 돌아서는데, 공작이 물 속에서 일어났다. 살라이는 주춤 멈추어 섰다. 레오나르도가 소매를 잡아당겼지만, 소년은 꼼짝도 하지 않았다. 공작은 몸을 닦고 향유를 바르는 데 정신이 팔려 아무것도 눈치채지 못했다.

살라이가 큰 소리로 말했다.

"선생님, 선생님!"

레오나르도는 못 들은 척하고 살라이가 따라오기를 바라며 문 쪽으로 걸어갔지만, 살라이는 따라오지 않았다.

살라이가 다시 불렀다.

"저기요, 선생님."

레오나르도는 돌아보지 않고 계속 걸어갔다.

그러자 살라이가 손가락으로 가리키며 소리쳤다.

"저것 봐요, 선생님! 온몸이 무어 인처럼 새까매요."

레오나르도는 굳은 얼굴로 휙 돌아서서 살라이에게 다가와 목덜미를 움켜쥐고 끌고 나갔다. 살라이는 스승의 얼굴을 힐끔힐끔 쳐다보았다. 뭔가 잘못한 줄은 알겠는데 뭘 잘못했는지 알 수가 없었다. 레오나르도는 재빨리 방에서 빠져 나와 성 뜰을 반쯤 지나서야 겨우 걸음을 멈추었다.

그러고는 갑자기 고개를 젖히고 흡사 시골 농부처럼 거침없이 웃어제꼈다.

"온몸이 무어 인처럼 새까맣다고?"

레오나르도는 이렇게 말하고 또다시 웃음을 터뜨렸다.

"온몸이 무어 인처럼 새까맣다고!"

레오나르도는 다시 한 번 되뇌고는 살라이를 돌아보았다.

"살라이, 하느님께서 사람들한테 존경심이 생길 자리를 만들어 주셨지만, 너한테만은 안 만들어 주신 모양이다."

4

레오나르도는 축제 준비에 심혈을 기울였다. 말을 스케치 하는 것도 그만두었고, 강과 산을 탐구하던 것도 그만두었으며, 수학과 해부학 연구도 제쳐 두었다. 축제 준비를 하는 동안 레오나르도는 마술사 노릇도 하고 살림꾼 노릇도 했다.

레오나르도는 회전 무대를 고안했다(마술사). 직공들은 준비한 물감이 떨어지자 적당히 어울리는 색깔로 대충 작업을 마무리지으려 했지만, 레오나르도는 일을 처음부터 다시 시켰다(살림꾼). 말을 타고 창 솜씨를 겨루는 마상 시합에서 입을 갑옷도 한 조는 무어 인처럼, 다른 조는 스키타이 인*처럼 보이게 디자인했다(마술사). 또 일에 쫓긴 재봉사들이 바느질을 성글게 하면 솔기를 죄다 뜯어 버렸다(살림꾼).

*스키타이 인 : 기원전 8~3세기에 걸쳐 흑해, 카스피 해 연안에서 활약한 이란계의 유목 기마 민족.

살라이는 사람들을 모으고 레오나르도의 지시를 전달하느라 여기저기 바쁘게 뛰어다녔다. 살라이는 아버지와 여동생을 찾아가서 요리사들이 케이크와 페이스트리를 유니콘이나 용 모양으로 만든다고 자랑했다.

"그러니까 성 안에서는 예술 작품을 먹기도 하는 거지."

살라이가 말하자 여동생 도로테아는 성호를 그었다.

소년은 맡은 일을 즐겁게 했다. 남들처럼 자기한테는 중요한 일을 안 시키고 작업장 주변의 잡다하고 하찮은 일이나 시킨다고 투덜대지도 않았다. 살라이한테는 하찮은 일에 대한 감각이 아주 발달해 있었다. 게다가 지금은 축제를 앞두고 모든 것이 평소보다 덜 진지한 것 같았고, '덜 진지한' 것은 '덜 중요한' 것만큼이나 살라이한테 잘 맞았다.

신기하게도 모든 일에 진지하기 짝이 없는 레오나르도 또한 축제 준비를 즐거워했다. 자신에 대해서도, 자신의 일에 대해서도 진지하기만 한 레오나르도가 말이다.

레오나르도는 살라이에게 이렇게 설명했다.

"축제란 번개 같은 거야. 번개는 과거도 없고, 미래도 없어. 아주 짧은 한순간, 온 세상을 확 밝히지. 그러고는 사라져 버려. 한순간의 느낌말고는 아무것도 남지 않아. 번개 그 자체는 후세 사람들이 손댈 여지가 없어. 야외극도 예술가한테 번개처럼, 격렬하고 무책임한 무엇처럼 시간을 자유롭게 누비고 다닐 기회를 준단다."

살라이는 레오나르도의 말에 귀를 기울이며 그의 쾌활한 모습에 흐뭇해했다. 레오나르도는 항상 미래에 대한 생각으로 가득 차서 현재를 느긋하게 보내지 못했다. 살라이는 레오나르도 같은 천재는 항상 미래를 생각해야 한다는 것을 깨닫고는, 자기는 천재가 아니라서 다행이라고 여겼다. 그저 영리하고 재빠르기만 하면 되었다. 살라이의 삶은 언제나 '현재'들의 집합이었다. 결코 미래의 더 큰 행복을 위해 현재의 작은 행복을 포기하는 일 따위는 없었다. 살라이의 삶은 온통 축제이자 격렬한 번갯불이며, 르네상스 시대를 무책임하게 활보하는 것이었다.

"나는 공작 부인이 머리가 여러 개고 눈도 더 많았으면 좋겠어요. 그렇지 않으면 선생님이 준비하신 것들을 다 못 보잖아요."

살라이가 말하자 레오나르도가 대답했다.

"이렇게 공을 들이는 건 신부 때문이 아니란다, 살라이. 공작님께서는 신부가 어떻게 생각하든 상관없다고 하셨잖니. 이건 전부 이사벨라와 체칠리아한테 보여 주기 위해서란다."

아니스 과자 다음으로 재미있는 소문거리를 좋아하는 살라이는 레오나르도에게 무슨 이야기냐고 물었다. 역시 재미있는 소문거리를 좋아하지만 안 그런 척하는 레오나르도는 순순히 이야기를 해 주었다. 레오나르도는 계속 작업을 하면서 루도비코 공작이 약혼한 채로 10년이나 결혼을 미루다가 이제야 결혼식 날짜를 잡게 된 사연을 들려 주었다.

10년 전, 일 모로는 신부 베아트리체의 언니 이사벨라 데스테와 결혼하려고 했다. 그 때 이사벨라는 겨우 여덟 살이었고 일 모로는 스물아홉 살이었는데, 페라라 공작 부부의 맏딸 이사벨라가 매우 아름답고 총명하다는 소문이 온 이탈리아에 쫙 퍼져 있었다. 일 모로는 이사벨라에게 청혼하기로 마음먹고 기다렸다. 결혼은 급할 게 없었다. 일 모로가 적을 물리치고 영토를 얻는 사이에 이사벨라는 장성하여 처녀가 되어 있을 것이다. 조건도 더없이 잘 어울리는 터라 일 모로는 페라라에 가서 청혼했다. 하지만 그는 정확히 2주가 늦었다. 페라라 공작은 이미 만토바 후작의 아들인 곤차가에게 이사벨라를 주겠다고 약속해 버렸다.

이사벨라의 아버지는 부유한 밀라노 공작과 인연을 맺을 기회를 놓치고 싶지 않았다. 그렇다고 곤차가와 한 약속을 물릴 수도 없어서 일 모로에게 다른 제안을 했다.

"우리 둘째 딸인 베아트리체와 결혼을 하면 어떻겠소. 나이도 이사벨라보다 두 살밖에 어리지 않다오. 이사벨라만큼 예쁘고 명랑하지는 않지만, 그 아이한테도 똑같이 고귀한 피가 흐르고 있소."

그리고 베아트리체에게도 이사벨라 못지않게 넉넉한 지참금을 보내겠다고 약속했다.

페라라 공작이 만토바 후작의 눈치를 살피듯이, 밀라노 공작도 페라라 공작의 화를 돋우고 싶지 않았다. 모욕을 주었다가는 전쟁이 일어나기 십상이었다. 그래서 일 모로는 베아트리체와 결혼하겠다고 했다. 페라라 공작은 8년 뒤에 두 딸이 합동 결혼식을 올리기를 바랐다.

그러나 그런 일은 일어나지 않았다. 이사벨라는 벌써 1년 전에 곤차가와 결혼했지만, 일 모로는 여전히 베아트리체를 달라고 하지 않았다. 일 모로는 이 핑계, 저 핑계를 둘러댔다. 국정을 돌보느라 몹시 바쁘다는 것이었다. 하지만 베아트리체의 아버지는 바보가 아니었다. 결혼이 계속 미루어지는 것은 나랏일 때문이 아니라 마음 때문이라는 것을 알고 있었다. 게다가 일 모로가 체칠리아 갈레라니라는 애인을 두고 있다는 소문이 페라라까지 퍼지자, 신붓감의 아버지는 결혼 준비와 전쟁 준비를 더불어 하고 있음을 넌지시 비추었다. 그래서 일 모로는 급작스럽게 점성술사들한테 물어서 결혼식 날짜를 잡은 것이다.

밀라노에서는 일 모로가 가장 사랑하는 사람이 체칠리아 갈레라니라는 사실을 누구도 의심치 않았다. 레오나르도가 밀라노에서 지낸 9년 동안, 공작이 이 거장 화가에게 초상화를 그리라고 한 사람은 체칠리아뿐이었다. 레오나르도는 체칠리아가 흰 담비를 안고 있는 모습을 그렸는데, 흰 담비의 환한 색깔과 어울리도록 그 여인의 밝고 자신감 넘치는 명랑한 표정을 훌륭하게 표현해 냈다. 레오나르도는 체칠리아의 손을 무척 세심하게 그렸는데, 길고 힘있고 실로 표정이 풍부한 손가락들을 통해 얼굴에서는 미처 드러나지 않은 성격을 유감 없이 드러냈다.

"결혼 축하 잔치에다 이렇게 정성을 들이는 건, 베아트리체 때문이 아니라 체칠리아와 이사벨라 때문이야. 공작은 두 여인이 무엇을 놓쳤는지 깨닫기를 바라는 거지."

레오나르도는 그렇게 말을 맺었다. 살라이는 이야기를 들으면서 부지런히 염료를 빻고 있었다. 그러다가 다른 견습생들이 자신을 부러운 눈길로 바라보고 있다는 것을 눈치챘다. 그는 레오나르도의 총애를 받으면 동료들에게 시샘을 받게 된다는 것을 알고 있었다. 레오나르도가 누군가에게 조금이라도 더 관심을 보이면 다른 제자들은 질투했다. 살라이는 자신에게 재능이 없는 게 참 다행이라고 생각했다. 살라이는 스승한테 들은 이야기를 다른 사람들에게도 기꺼이 알려 주었다. 질투심도, 혼자서만 간직하고 싶다는 생각도 살라이한테는 없었던 것이다. 하지만 제자들은 레오나르도한테서 직접 듣고 싶어했다. 그들은 그 시대에 흔했던 병을 앓고 있었다. 모두들 자신을 진지하게 여겼다. 너무도 진지하게.

레오나르도는 제자들의 재능을 키우는 데 많은 시간을 쏟지 않았다. 누군가 작업을 하다가 어려움에 부딪히면, 레오나르도는 대개 붓이나 칼 또는 크레용 같은 적당한 도구를 집어 들고 "이렇게."라고 중얼거리며 조용히 고쳐 주었다. 가끔 레오나르도는 수정하는 데 너무 열중한 나머지 오전 내내 이젤 앞에 앉아 "이렇게."라고 중얼거리며 작품에 생명을 불어넣기도 했다. 그럴 때면 제자들은 그 모습을 지켜보면서 레오나르도의 직관을 어떤 이성이나 규칙 따위로 이해하려고 애썼다. 제자들의 요구가 거세지면, 레오나르도는 그림 그리기에 관한 책을 쓰고 있으니까 거기서 자신의 모든 이론을 찾으라고 말하곤 했다. 레오나르도는 제자들한테 정리 정돈을 잘 하라고 했다. 제자들은 종종 자신들이 레오나르도한테서 배우는 것이라곤 초록색 계열의 색깔들에서 청색 계열의 색깔들을 분리시켜 한 줄로 정리하는 법과 "이렇게."라는 중얼거림 속에 담긴 뜻을 헤아리는 법뿐이라고 불평하곤 했다.

그러나 작업장 밖에 나가서는 아무도 불평하지 않았다. 밀라노 성에서 레오나르도 다 빈치의 제자가 된다는 것은 로마 교황의 추기경이 되는 것에 버금 갈 만큼 신의 은총을 입는 일이었다. 재능보다 야심이 앞서는 이들은 그런 것을 좋아했다. 레오나르도 역시 마찬가지였다. 레오나르도의 제자 중에 재능이 뛰어난 자는 아무도 없었다. 물론 살라이는 그 중에서도 가장 재능이 없었다.

결혼하지 않은 부모한테서 태어난 레오나르도, 늦은 나이에 베로키오의 제자가 되었던 레오나르도, 재산도 없는 레오나르도, 자신의 손과 머리의 재능밖에 기댈 데가 없었던 레오나르도. 그런 레오나르도는 한 번도 자신에게 안정된 지위가 있다고 생각해 보지 못했다. 그런 레오나르도는 군주들이나 대학의 학자들 앞에서 결코 편안함을 느끼지 못했다. 그런 레오나르도는 기름진 땅에다 씨앗을 뿌려 싹을 틔우게 하지 않았다. 자신을 대신할 사람을 키워 내고 싶지 않았던 것이다.

레오나르도는 자신의 생각과 의견을 공책에 써 놓고 혼자만 간직했다. 그가 흘려 보내는 것들은 재능으로 치자면 작은 사막 같은 살라이에게 흘러갔다. 그 사막에서는 레오나르도가 물을 주어도 아무것도 자랄 수 없었다. 그 곳에는 재능의 씨앗도, 경작할 일꾼도 없었다. 살라이는 영리했지만 창조적이지 못했다. 소년은 위대한 예술가가 될 가망이 없었다. 레오나르도와 살라이 둘 다 그 사실을 알고 있었고, 둘다 그것을 인정했다. 살라이는 눈치가 빨라서 이야기를 잘들어 주는데다 진지하지 않으므로 위협적이지 않은 존재로서 선택된 것이었다.

5

큰 부자들과 지위가 높은 사람들은 작업장에 오지 않았다. 레오나르도가 그들을 찾아갔다.

어느 날 저녁, 레오나르도와 살라이는 마상 시합 준비를 마무리짓느라 정신 없이 바쁜 와중에 산 세베리노의 집으로 갔다. 스키타이 인의 의상을 전해 주기 위해서였다. 두 사람이 도착하자, 마상 시합에 출전할 병사들은 입고 있던 옷을 벗어 소파에 던져 놓고 새로 온 의상들을 뒤적이며 자기한테 맞는 바지와 조끼를 골랐다. 병사들은 이 옷 저 옷 입어 보면서, 그 때마다 거울에 비친 자신의 모습과 서로의 모습에 감탄했다.

"아, 레오나르도 선생, 당신은 천재이십니다."

"레오나르도 선생의 손길만 닿으면 뭐든지 예술 작품이 되는군요."

"오, 레오나르도, 한 사람이 어찌 이렇게 많은 재주를 가질 수 있습니까?"

살라이는 옆으로 비켜 서서 듣고 있었다. 그것은 칭찬이 아니었다. 그냥 말이었다. 말, 말, 말. 자신만의 생각이 깃들지 않은 취향. 광장의 비둘기들에게 모이를 던지듯이, 이런 말들이 레오나르도에게 던져졌다.

프란체스코라는 신사가 레오나르도를 불렀다.

"잠깐 보세."

그는 레오나르도를 옆으로 끌고 가 꼬박 5분 동안 은밀히 이야기했다. 레오나르도는 서너 번 고개를 끄덕이고 또 서너 번 미소를 지었지만, 늘 그렇듯 말은 거의 하지 않았다. 프란체스코는 레오나르도한테서 떨어져 나와 다시 사람들이 있는 곳으로 왔다.

프란체스코가 큰 소리로 말했다.

"아, 레오나르도 선생도 내 생각과 같으시다는구먼……."

살라이는 소파에 쌓인 옷 더미에 앉아 그들의 말을 들었다. 저런 사람들은 레오나르도가 신경 쓸 가치도 없었다. 그런데도 레오나르도는 그들 앞에 가서 똑같은 칭찬에, 똑같은 대답을 되풀이하고 있었다. 천박하고 무식한 자들, 키만 컸지 살라이보다도 철없는 자들의 칭찬을 잠자코 들어 주고 있었다. 그들은 귀머거리면서 연주가 훌륭하다고 칭찬하는 자들이었다. 아니다. 그보다 더 한심한 인간들이다. 들을 수 있되, 들으려 하지 않으니까. 그들은 덩치만 클 뿐 아직도 고기

접시와 어미의 젖꼭지 사이에서 미적거리는 강아지들이었다. 접시에 고기가 있는 줄 뻔히 알면서도 씹는 것이 귀찮아서 그저 고기가 있다는 데 만족한 채, 계속 어미 젖을 빨면서 이제 곧 딱딱한 음식도 먹게 될 거라고 떠드는 강아지들.

이런 사람들이 레오나르도의 관객들이었다. 번지르르한 깃털로 치장했지만, 머리는 텅 빈 시끄러운 찌르레기 떼. 레오나르도는 이런 자들한테는 아까웠다. 레오나르도는 그의 진가를 알아보는 '교양 있는' 사람들을 만나야 했다.

살라이는 옷 더미에 앉아 있다가 사람들을 등진 채 벽 쪽으로 돌아섰다. 그 때, 동전이 짤랑거리는 소리가 났다. 살라이는 소리 없이 이 옷 저 옷 뒤지다가 돈을 발견하고는 주머니에 슬쩍 챙겨 넣었다. 그러고는 레오나르도가 병사들의 옷을 좀 같이 벗겨 주라고 부를 때까지 시치미를 뚝 떼고 소파에 눌러앉아 있었다.

돈을 잃어버린 사람은 프란체스코였다. 그는 먼저 소파에 다가가 소파 주위와 바닥까지 샅샅이 살펴보았다. 그러더니 집 주인인 산 세베리노에게 급히 다가가 뭐라고 귓속말을 했다. 산 세베리노는 웃으면서 고개를 끄덕였다.

산 세베리노가 사람들에게 큰 소리로 말했다.

"프란체스코가 돈을 잃어버린 것 같소. 누군가 실수로 집어 간 모양이오. 자, 이렇게 합시다."

그는 방 한가운데에 작은 탁자를 갖다 놓았다.

"다들 탁자를 등지고 벽을 향해 서서 눈을 감읍시다. 그러면 누가 실수로 프란체스코의 지갑을 가져갔더라도 창피를 당하지 않고 돈을 돌려줄 수 있겠지요."

산 세베리노는 이렇게 말하면서 살라이를 똑바로 쳐다보았다. 살라이는 얼굴색 하나 변하지 않고 눈도 깜빡거리지 않은 채 빤히 마주 보았다.

사람들이 벽 쪽으로 돌아서자 산 세베리노가 말했다.

"서른까지 센 뒤 모두 돌아섭시다."

모두들, 심지어 프란체스코까지도 도둑 잡기를 재미있는 놀이로 여기기 시작했다. 모두 벽 쪽으로 돌아서서 쿡쿡 웃어 댔다. 산 세베리노가 천천히 숫자를 셌고, '서른'이 되자 모두들 기대에 부풀어 돌아섰지만 탁자 위에는 아무것도 없었다.

산 세베리노는 실망했지만 애써 명랑하게 말했다.

"좋아요, 좋아. 이건 연습이었습니다. 이제 여러분 모두 없어진 돈을 조용히 찾아보기 바랍니다. 이번에는 서른다섯까지 세겠습니다."

사람들은 다시 벽을 향해 돌아섰다.

그렇게 서 있는데, 누군가가 살며시 탁자로 다가가는 소리가 났다. 살라이는 도둑이 또 있었구나 하고 생각했다. 그러자 분통이 터졌다. 프란체스코의 돈을 혼자 차지할 수 있었는데. 이번에는 모두가 조바심을 내면서 산 세베리노가 수를

다 세기를 기다렸다.

"서른하나, 서른둘, 서른셋, 서른넷, 서른다섯."

사람들이 휙 돌아서자 탁자 한복판에 종이가 놓여 있었다. 산 세베리노는 우쭐거리며 다가가서 씨익 웃으며 종이를 집어 들었다. 모두들 종이가 놓여 있던 자리를 보았다. 아무것도 없었다. 산 세베리노는 종이를 보고 또 뒤집어 보더니, 느닷없이 바지의 엉덩이 부분을 움켜쥐었다. 프란체스코가 종이를 집어 들고 거기 적힌 것을 읽었다.

"다시는 우리 앞에서 등을 돌리지 마십시오, 세베리노. 바지가 찢어졌습니다."

도둑질과 놀이는 한바탕 웃음 속에 흐지부지 끝났고, 프란체스코는 지갑을 찾지 못했다. 살라이는 다른 도둑이 없었다는 사실을 알고는 한시름 놓았다.

집으로 돌아가는 길에 레오나르도가 물었다.

"네가 프란체스코의 지갑을 훔쳤지, 그렇지?"

"제가요? 아니에요."

"솔직히 말해. 그 사람들한테는 말하지 않을 테니까. 그냥 조용히 돈을 돌려주겠다. 심부름꾼을 시켜서. 다른 사람들은 절대로 모를 거야. 난 그저 너한테서 솔직한 말을 듣고 싶어서 그래. 고백해라, 살라이."

"전 안 훔쳤어요, 레오나르도 선생님."

"나는 네가 훔쳤다고 생각한다, 살라이."

“제가 어찌 밀라노 최고의 지성인이 생각하시는 것을 옳다 그르다 따지겠습니까, 선생님.”

“입에 발린 소리 하지 마라, 살라이. 산 세베리노 패거리처럼 빈말을 했다간 나한테 경멸을 받을 뿐이야. 분명히 네가 훔쳤어, 살라이.”

“아니에요, 선생님.”

“흐음, 프란체스코는 좀 난처한 일을 당해도 싸지.”

“그럼요, 선생님.”

6

　살라이는 부정한 방법으로 얻은 돈을 쓰려고 베아트리체 공작 부인이 밀라노에 오는 날까지 기다렸다. 거리는 발 디딜 틈이 없었다. 이번 혼례 잔치는 여느 축제와 비슷했지만, 그보다 훨씬 더 근사했다. 낡았거나 한 번이라도 썼던 물건들은 하나도 없었다. 레오나르도는 살라이에게도 새 옷을 맞추어 주었다. 금빛 비단 조끼와 알록달록한 바지였다. 살라이가 레오나르도 앞에 서자, 레오나르도는 빗을 들고 살라이의 곱슬머리를 빗겨 주었다. 레오나르도는 아름다움이 깃든 것이라면 아무리 사소한 것이라 해도 주의를 기울였다. 그는 빗을 내려놓고 고개를 살짝 기울인 채 빗질한 모양을 꼼꼼히 살폈다. 그러고는 비어져 나온 머리카락을 집어서 귀 뒤로 넘겨 주었다. 레오나르도는 소년을 한 바퀴 빙그르르 돌려보고는 문을 가리켰다.

　"가거라, 살라이. 실컷 구경하고 오너라."

소년은 혼자서 거리를 돌아다녔다. 그러다 갑옷 가게들이 늘어선 거리에서 과자 장수를 발견하고는, 그가 팔고 있던 아니스 과자를 몽땅 샀다. 그러고도 돈이 남자, 조용히 프란체스코한테 감사했다.

가장 좋은 옷을 차려 입은 살라이는 가장 멋지게 치장한 밀라노를 둘러보았다. 벽과 발코니에는 화려한 색깔의 비단들과 금실로 무늬를 짜 넣은 비단들이 걸려 있었다. 담쟁이덩굴이 집집마다 문 위까지 드리워져 있고 기둥을 휘감고 있었다. 그 중에서도 가장 근사한 곳은 지금 살라이가 걷고 있는 갑옷 거리였다.

널찍한 길 양쪽에는 목마 탄 밀짚 허수아비들이 줄지어 있었다. 허수아비들은 강철 가슴막이가 달린 쇠사슬 갑옷을 입고 있었다. 손에는 창을 들고 있었는데, 살라이는 그것이 살아 있는 사람이 아니라서 더 좋았다. 허수아비는 움직이지 않기 때문에 강철 가슴막이에 새겨진 그림들을 실컷 구경할 수 있었던 것이다. 그 판화들을 줄줄이 이어 놓으면, 고대 로마에서 신들이 벌였던 전쟁을 비롯해 이 세상의 모든 전쟁과 전투를 기록한 판화집이 될 것이다. 살라이는 책을 읽는 것보다 그런 그림들을 보며 역사를 배우는 것이 훨씬 더 좋았다. 책을 읽는 건 너무 고역이었다.

살라이는 과자를 우물거리며 갑옷 거리를 어슬렁거렸다. 허수아비를 하나 구경할 때마다 과자도 하나씩만 먹기로 했지만, 어떤 허수아비는 너무 재미있어서 한참 동안 들여다보았고, 그러다 보니 과자를 두 개, 때로는 세 개까지 먹었다. 살라이는 갑옷 거리에서 성 앞 광장까지 걸어갔다. 그 곳에는 군중들이 구름처럼 모여 있었다. 살라이는 소매치기 시절의 실력을 발휘해서 사람들을 헤치고 앞으로 나아갈 수도 있었다. 하지만 사람들의 몸 냄새가 가로대처럼 살라이의 발길을 턱 가로막았다. 몇 달 전이라면 사람들한테서 악취가 풍기는 줄도 몰랐겠지만, 레오나르도와 함께 살다 보니 향긋한 냄새에 익숙해졌던 것이다. 집에 갈 때도 향수 뿌린 손수건을 가져갈 정도로.

과자 봉지에 손을 넣어 보니 과자가 하나도 없었다. 살라이는 마음이 홀가분해졌다. 과자가 남았으면 다 먹어야 한다는 부담감에 시달렸을 것이다. 트럼펫 수백 개가 우렁차게 연주되자, 살라이는 다시 사람들을 뚫고 나가려 했다.

군중들이 소리쳤다.

"공작 부인이다! 공작 부인이다!"

군중들이 광장 앞으로 우르르 몰려가자, 살라이는 사람들이 미는 힘과 악취에 못 이겨 광장 뒤로 물러났다. 이제 공작 부인을 구경하기는 다 틀린 것 같았다.

그 때 프란체스코가, 그 자리에 있지도 않은 프란체스코가 희망의 빛을 던져 주었다. 살라이는 주머니에서 동전 한 닢을 꺼냈다. 그러고는 주위 사람 중에서 가장 키가 큰 사내를 쿡 찌르고 말했다.

"돈을 드릴 테니까 목말 좀 태워 주세요."

사내는 동전을 받고 살라이를 번쩍 들어올렸다.

루도비코 공작과 그의 신부는 성 입구에서 멈춰 섰다. 모든 귀족들이 두 사람을 기다리고 있었다. 공작 부인이 시중을 받으며 마차에서 내리자, 군중들은 쥐 죽은 듯이 조용해졌다.

살라이는 사내의 어깨 위에 앉아서 공작 부인을 바라보며 말했다.

"에이, 키도 작고 얼굴도 까맣고 정말 못생겼잖아."

살라이가 이렇게 공작 부인을 평가하고 나서 숨을 깊이 들이쉰 순간, 구역질이 울컥 올라왔다. 살라이는 목을 쭉 빼고는 목말을 태워 준 사람은 물론 앞에 서 있던 사람한테까지 아까 먹은 과자를 모조리 토했다.

7

결혼 잔치는 1주일 동안 계속되었다. 레오나르도는 모든 일을 감독했다. 심지어 결혼 선물들을 전시하는 선반까지 설계했다. 이러한 사소한 일들 때문에 정작 중요한 작업을 못 하고 있었지만, 레오나르도는 그것을 싫어하면서도 좋아했다.

축제가 끝나갈 무렵, 레오나르도가 의상을 디자인하고 회전 무대를 설계한 연극이 공연되었다. 그 연극의 제목은 '낙원'으로, 대성공을 거두었다. 연극이 끝난 뒤 살라이는 사람들이 남긴 술을 다 마시고는 쿵쿵 울리는 머리를 감싸쥐고 밤늦게서야 잠자리에 들었다. 그러다 누군가 문을 쾅쾅 두드리며 "준비하시오, 준비하시오." 하고 소리치는 통에 잠에서 깼다.

살라이는 이불로 귀를 틀어막았다. 머릿속에서 울리는 쿵쿵 소리와 문을 쿵쿵 두드리는 소리가 분간이 가지 않았다.

'준비하시오.'라는 소리가 들리는 걸 보니, 자신이 죽었고 (정말 괴롭기 짝이 없는 밤이었다), 사탄의 부하들이 동전 던지기에서 이겨 자신의 영혼을 데려가겠다고 온 것 같았다. 입맛은 어른인데 몸은 아직 어린아이라니 너무 불공평해, 하고 살라이는 속으로 투덜거렸다.

레오나르도가 소리쳤다.

"문가에 나가 봐라, 살라이."

"문? 문이오?"

"누가 부르고 있잖니."

"아, 알았습니다, 선생님."

살라이는 그 어느 때보다도 잽싸게 침대에서 뛰쳐나왔다. 다른 때 같으면 싸늘한 방 안 공기에 적응하기 위해 일단 발가락 하나를, 그 다음에는 발을 살짝 내밀고 이불 밖으로 손끝만 삐쭉 내밀었을 것이다. 하지만 오늘 아침은 추울수록 더 좋았다. 추울수록 뜨거운 지옥불에서 멀다는 뜻일 테니까.

문을 두드리던 사람이 다시 소리쳤다.

"준비하시오."

침대에서 작업장 문까지는 채 1분도 안 걸렸지만, 그 사이에 살라이의 마음은 '지옥문 앞에 끌려가지 않은 것만도 천만다행이다.'에서 '작업장 문을 열어 주기가 귀찮아 죽겠다.'로 변해 있었다.

살라이가 창문으로 내다보니, 준비하라고 명령한 사람은
살라이 또래의 시종이었다. 살라이는 짜증이 머리끝까지 치
밀었다. 시종이 다시 한 번 "준비하시오." 하고 소리치는 순
간, 살라이가 문을 벌컥 열고 대꾸했다.

"뭔데 그래?"

"레오노라 공작 부인과 그 따님인 이사벨라 후작 부인이
방문하실 테니 준비하시오."

두 소년은 서로를 쓱 훑어보았다. 살라이는 그런 녀석 앞
에서 잠옷 바람으로 서 있는 것이 몹시 속상했다. 레오나르
도가 축제 때 새로 맞추어 준 옷은 그 시종의 옷만큼 화려하
지는 않았지만 훨씬 더 멋있는데.

살라이가 퉁명스럽게 물었다.

"레오노라는 누구고, 이사벨라는 또 누구야?"

"이사벨라 후작 부인은 베아트리체 공작 부인의 언니시
고, 레오노라 공작 부인은 베아트리체 공작 부인과 이사벨라
후작 부인의 어머니시지. 베아트리체 공작 부인은 일 모로라
고 불리는 루도비코 스포르차 공작의 부인이시고."

시종이 콧잔등을 찡그리며 물었다.

"그것도 모른단 말야?"

"일 모로가 대체 누군데?"

시종은 기가 막혔다.

"여기가 레오나르도 다 빈치의 집이자 작업장 아니니? 밀

라노에서는 도둑고양이도 일 모로를, 아니 루도비코 공작을 아는데.”

“어디서 들어 본 것 같긴 해. 한데 그것말고 딴 이름 말이야, 레오나르도 다 빈치…… 그 이름도 밀라노의 도둑고양이가 알아?”

“나도 아는걸. 난 만토바 사람인데 말야.”

“만토바? 그건 하수도 옆에 있는 동네냐?”

“세상에, 만토바는 이사벨라가, 아니 이사벨라 후작 부인이 사시는 곳이야. 이사벨라 후작 부인은 베아트리체의, 아니 베아트리체 공작 부인의 언니시고…….”

그 때 레오나르도가 문가로 왔다.

“됐다, 살라이. 가서 옷 입어라.”

레오나르도는 살라이의 머리를 쓰다듬어 주었다. 그러고 나서 시종을 돌아보며 말했다.

“레오노라 공작 부인과 이사벨라 후작 부인께 말씀드려라. 그분들의 종 레오나르도 다 빈치가 마님들의 방문을 기다리고 있다고, 아주 기꺼이.”

시종이 물었다.

“당신이 그분들을 어떻게 알아요?”

레오나르도가 대답했다.

“나는 도둑고양이거든. 자, 어서 가거라. 나는 준비가 다 되었다고 전해 드려라.”

문이 닫히자마자 살라이는 잘난 척하는 거만한 시종들을
비아냥거렸다.

"그런 애들은요, 꼭 보석 수집품 같아요. 그만큼 값어치는
없지만요. 얼마나 요란하게 차리고 다니는지 보셨죠? 그런
애들 중 한 명이, 더도 말고 딱 한 명이, 한 번만, 더도 말고
딱 한 번만 화가의 견습생 노릇을 하는 꼴을 보고 싶어요. 아
교며 니스를 만드는 꼴을 보고 싶다구요. 온종일 일하고 나
면 그 고운 옷이 어떻게 될지 정말 궁금해."

"그 아이들도 하루 종일 일을 한단다, 살라이."

"네, 그렇겠죠. 그런 옷을 입고 있는 게 걔네들 일이겠죠."

"그 아이들은 마구간을 청소해."

살라이는 순간 말문이 막혔다.

"그렇게 차려 입고 말똥을 치운다고요?"

"아니. 그렇게 차려 입고서 화가와 그 제자들에게 준비하
라고 알리고 다니지. 자, 이제 너도 그렇게 해야 돼. 어서 옷
을 입어라. 귀부인들이 곧 여기 올 게다. 그분들이 왔을 때
넌 아름다운 모습으로 입을 꾹 다물고 있어야 한다."

공작 부인과 후작 부인은 아름다웠다. 둘은 서로 판박이처
럼 닮았지만, 이사벨라가 어머니보다 젊고 날씬하고 우아했
다. 일 모로의 신부가 책의 검은 활자라면, 두 사람은 화사한
원색 삽화였다. 가엾은 못난이 베아트리체. 일 모로처럼 겉
모양에 관심이 많은 사람이 이사벨라를 먼저 선택한 것은 너

무도 당연했다.

　살라이는 이사벨라를 눈여겨보았다. 이사벨라는 엷은 웃음을 띠고 있었다. 하지만 그건 즐거워서 웃는 것이 아니었다. 눈은 전혀 웃고 있지 않았다. 살라이는 그런 웃음을 본 적이 있었다. 프란체스코였다. 축제 의상을 입고 거울을 들여다보던 프란체스코. 그렇다, 베아트리체의 언니도 그런 사람이었다. 그녀도 자부심의 거품 속에 사는 사람이었다.

　이사벨라 후작 부인은 대뜸 자신이 찾아온 이유를 밝혔다. 레오나르도한테 그림을 그려 달라는 것이었다.

　"나는 훌륭한 미술품들을 수집해 놓았어요. 당신 작품도 거기에 잘 어울릴 거예요. 우선 내 초상화부터 그려 주세요. 체칠리아 갈레라니의 초상화와 똑같이 섬세한 명암법을 사용해서 그려 줘요. 하지만 담비를 안고 모델을 서긴 싫어요. 그 다음에는 어린 예수의 초상화를 그려 주세요. 내 초상화가 먼저고, 그 다음이 예수예요. 당신을 빌려 가는 문제는 베아트리체와 일 모로 공작과 의논하겠어요. 일 모로는 절대로 내 부탁을 거절하지 못할 거예요. 나는 매주 월요일과 목요일 10시부터 12시까지 모델을 서겠어요."

　레오나르도는 자신이 고용인 처지라는 것을 알고 있었다. 또 일 모로처럼 자유를 많이 주는 주인을 만난 것이 행운이라는 것도 알고 있었다. 그러니 일 모로를 봐서라도 이사벨라 후작 부인의 요구를 기꺼이 들어 주어야 했다. 그만큼 후원자한테서 은혜를 입었으니까. 하지만 귀족들이 난쟁이나 광대들을 서로 빌려 주듯이 자신을 '빌려 간다'고 생각하니 역겨웠다. 게다가 월요일과 목요일마다 이사벨라를 그린다면, 1주일에 두 번씩이나 하던 일을 중단해야 하므로 한 주가 몽땅 묶이는 셈이었다. 하지만 레오나르도는 예절이 몸에 밴 사람이었다.

"마님, 마님의 초상화를 그리게 되어 무척 기쁩니다. 루도비코 공작님께서는 위대하신 선친을 기리는 청동 기마상이 조금 미루어지더라도 신경 쓰지 않으실 겁니다. 그 작업은 벌써 여러 번 미루어졌으니까요. 더 늦어진다고 해도 공작님께서 언짢아하시지 않겠지요. 혹시 공작님께서 물으시거든, 길지도 않고 1년 반 정도면 만토바에서 마님의 일을 끝낼 수 있다고 말씀드리십시오."

이사벨라는 한쪽 눈썹을 치켜올렸다.

"이해해요. 재능 있는 사람들을 나만큼 잘 이해하는 사람도 없으니까요. 만토바에 오는 것이 어렵다면, 작은 조각상도 괜찮아요. 이 작업장에서 만들면 되잖아요. 레오나르도, 내가 당신 작품을 원하는 것을 영광으로 아세요. 나는 아무 작품이나 수집하지 않거든요. 어린 예수의 작은 흉상도 괜찮을 것 같군."

살라이는 레오나르도가 조각을 싫어하는 줄 알고 있었다. 조각은 지저분한 작업이었다. 레오나르도는 공책에 이렇게 쓰기도 했다. '조각가는 팔의 힘으로 작품을 만들며, 엄청난 양의 땀과 대리석 가루로 뒤범벅이 되어야만 작품을 만들 수 있다. 대리석 가루가 밀가루처럼 사방에 내려앉는 통에, 작업을 하다 보면 빵 굽는 사람인지 예술가인지 분간이 안 갈 지경이다. 하지만 화가는 깨끗한 집에서 우아한 옷을 차려입고 그림 앞에 편히 앉아 음악을 들으며 고운 물감에 붓을 적신다.'라고. 그런데도 이사벨라는 자기 초상화를 그리든지 조각상을 만들든지 하라고 한다. 꼭 그렇게 레오나르도가 싫어하는 일만 골라서 하라고 그럴 게 뭐람? 살라이는 입이 근질근질했지만 꾹 참았다.

레오나르도가 무슨 말인가 하려고 했지만 한발 늦었다. 이사벨라는 어린 예수의 흉상을 만들어 달라는 말을 끝내기가 무섭게 방 안을 쓱 둘러보다가 그 도도한 시선을 살짝 떨구어 살라이를 보았다.

이사벨라가 말했다.

"이 아이가 좋겠군요. 이리 오렴, 꼬마야. 이름이 뭐니? 아니, 됐어. 알 필요 없어. 예수상의 모델로 쓰려면 이름이 없는 게 나아. 이름을 붙여 봤자 이 아이의 명성만 높아져. 작품이 차지할 영광을 빼앗는 셈이지, 그렇죠? 이봐요 레오나르도, 나는 예술에 밝은 사람이에요. 독창적인 생각도 많고요. 그러니 언제 한 번 만토바에 와서 나와 함께 예술 이론을 토론해요. 진정한 의견을 나눌 수 있을 거예요."

이사벨라는 자리에서 일어났다.

"가요, 어머니."

그러더니 문 앞에서 걸음을 멈추고 이렇게 덧붙였다.

"스케치들을 보내 줘요. 내 동생 베아트리체와 루도비코 공작이 날마다 편지를 쓰기로 약속했어요. 하루도 빠짐없이. 그러니 그 편지들 편에 보내도 돼요. 베아트리체한테 말해 두죠. 아니, 일 모로한테 말하는 게 낫겠군. 공작은 내 말이라면 꼼짝 못 하니까요."

이사벨라와 그 어머니는 고개를 까딱 하고는 떠났다.

레오나르도는 닫힌 문에 기대 서서, 방금 물 속에서 나온 사람처럼 머리를 흔들었다. 그러더니 귀를 감싸쥐었다.

살라이가 말했다.

"저어, 선생님, 앞으로는 저더러 이사벨라 후작 부인 앞에서 벙어리처럼 있으라고 하지 않으셔도 돼요. 그 여자 앞에서는 벙어리가 아니라 귀머거리까지 되고 싶어요."

살라이는 잠깐 말을 멈추었다가 다시 말했다.

"저를 예수상 모델로 쓰실 거예요?"

"다른 일들이 모두 끝나면 시작할 거야."

"그 때쯤이면 저도 선생님만큼 수염이 길어지겠군요."

레오나르도가 웃자 살라이도 씨익 웃었다.

8

결혼 잔치 때부터 3월 중순까지 일 모로는 어린 아내를 이 성 저 성으로 여행 보냈다. 베아트리체는 많은 사람들을 거느리고 여행했다. 산 세베리노, 프란체스코와 그 친구들, 그리고 여러 시녀들이 베아트리체를 따라다녔다. 그들은 낮에는 낚시와 사냥을, 밤에는 카드 놀이와 주사위 놀이를 했다. 베아트리체가 이 성 저 성을 여행하는 동안, 일 모로는 밀라노에 남아 나랏일을 (그리고 체칠리아 갈레라니를) 돌보았다.

그 사이에 레오나르도는 산과 강을 열심히 연구했다. 그는 산에서 내려다본 전경이나 바람에 시달려 가지를 낮게 뻗은 나무 한 그루를 스케치하려고 먼 길을 걸어다녔다. 높은 산에서 바다 조개 화석들을 발견하고는 그것들이 어떻게 해서 거기에 있게 되었을까 의문을 품기도 했다. 레오나르도는 바다 조개가 산꼭대기에서 발견되는 까닭을 알아 내기 위해 오랫동안 생각하고 멀리까지 돌아다녔다. 그러다 보면 식사하는 것조차 잊어버리기 일쑤였다. 그래서 살라이가 음식을 갖다 주곤 했다.

살라이는 스승이 먹을 치즈와 빵, 작은 포도주 한 병, 그리고 갓 구운 아니스 과자 들을 챙겼다. 아니스 과자 여섯 개 가운데 레오나르도의 몫은 하나뿐이었다.

살라이는 스승을 찾아 산에 가려고 자루를 둘러메고 성 안 뜰로 나섰다. 그런데 뜰을 반쯤 지났을 때, 저쪽 구석에서 누군가 소리쳤다.

"나 여기 있어!"

살라이가 걸음을 멈추고 보니, 베아트리체 공작 부인이 챙이 넓은 모자 위로 머리카락을 빼놓고 햇볕을 쬐며 앉아 있었다.

베아트리체가 다시 말했다.

"나 여기 있다니까. 햇볕을 많이 쬐어서 금발 미인이 될 거야."

살라이가 다가갔다.

어린 공작 부인은 살라이를 아래위로 훑어보며 말했다.

"난쟁이치곤 균형이 잘 잡혔구나."

살라이가 대답했다.

"그렇습니다, 마님."

"괜찮아. 균형 잡힌 난쟁이라고 해서 싫진 않으니까. 할 줄 아는 것을 보여 주렴."

"할 줄 아는 거요?"

"그래, '할 줄 아는 거.' 이사벨라 언니 말이 너는 묘기도 부리고, 곡예도 하고, 흥이 나면 술 취한 수도사 흉내도 낸다던데. 수도사 흉내를 내서 날 웃겨 주렴."

"예, 그러지요."

살라이는 순순히 대답했다. 누군가 웃고 싶다는데 어떻게 거절할 수 있단 말인가? 술 취한 수도사야 지겹도록 봤지만, 처음부터 그 흉내를 낼 자신은 없었다.

"묘기부터 부리겠습니다."

"무슨 묘기를 부릴 건데?"

살라이는 자루에서 아니스 과자를 꺼내며 "짠!" 하고 큰 소리로 외치고는 양 손으로 과자를 번갈아 던지고 받았다. "룰룰루 룰랄라." 하고 흥얼거리면서.

베아트리체가 물었다.

"애개, 그게 다야? 두 개를 한꺼번에 돌리는 건 언제 할 거야?"

"지금 당장요!"

살라이는 자루에서 아니스 과자를 또 하나 꺼냈다.

"자, 시작할까요?"

어린 공작 부인이 고개를 끄덕였다. 살라이는 과자들을 보았다. 두 개를 한꺼번에 던졌다가는 둘 중에 하나는 땅바닥에 떨어질 게 뻔했다. 하지만 살라이는 곧 생각을 바꾸었다.

뭐, 그럼 어때? 먼저 떨어지는 게 레오나르도 건데.

곧 아니스 과자 하나가 땅에 툭 떨어졌다. 그것을 본 살라이는 그게 개미 밥이 된다고 생각하니 참을 수가 없었다. 그렇게 땅바닥을 본 순간, 나머지 아니스 과자도 떨어졌다. 살라이는 두 번째 과자를 따라 땅바닥에 털썩 주저앉더니 과자 부스러기를 허겁지겁 집어 먹었다.

공작 부인이 의자에서 일어나 과자 냄새를 맡으며 물었다.

"아니스 과자니?"

살라이는 과자 부스러기를 입 안에 쑤셔 넣느라 눈도 들지 않고 고개만 끄덕였다. 공작 부인도 다가와서 살라이와 똑같이 과자를 주워 먹었다.

공작 부인이 말했다.

"나도 아니스 과자를 좋아해. 하지만 너무 많이 먹으면 안 돼. 절대로 뚱뚱해지지 않겠다고 맹세했거든. 우리 어머니도 뚱뚱하고 이사벨라도 그렇게 뚱뚱해지겠지만, 난 아냐."

살라이가 말했다.

"이사벨라의 혀는 살이 안 찔 거예요. 일을 너무 많이 하거든요."

베아트리체 공작 부인은 과자로 범벅이 된 혀와 이가 훤히 드러나도록 입을 벌리고는, 체면 따위는 아랑곳하지 않는 사람처럼 신나게 깔깔댔다. 그러고는 살라이에게 물었다.

"아니스 과자 또 없니? 멀쩡한 걸로."

살라이가 고개를 끄덕였다.

"알았다! 넌 아니스 과자를 만들어 내는 마술을 부리는구나. 또 과자 만들어 봐. 이사벨라 말로는 네가 마술을 잘 부린다던데!"

"만토바에서는 '이사벨라 말로는'이 한 단어랍니다. 그래서 아예 후작 부인을 '이사벨라 말로는'이라고 부르죠. 만토바에서는 아름다운 '이사벨라 말로는' 후작 부인이 양산을 쓰지 않으면 햇볕을 쬐지 못하게 해요. 후작 부인의 혀가 햇볕에 탈까 봐 걱정돼서요."

베아트리체는 "오 마텔로, 어쩜!" 하고 감탄했다.

그 순간 살라이는 난쟁이가 뜰 저쪽에서 걸어오는 것을 보았다. 겉모양을 보건대 그 사람이 진짜 마텔로였다. 베아트리체는 그쪽으로 등을 돌리고 있어서 난쟁이를 보지 못했다.

살라이가 말했다.

"눈을 감아 보세요, 마님. 눈을 감으면 아니스 과자보다 더 놀라운 걸 보여 드릴게요."

베아트리체가 눈을 감자, 살라이는 난쟁이에게 빨리 오라고 손짓했다. 난쟁이 마텔로는 커다란 머리를 흔들며 어깨를 들썩이면서 뒤뚱뒤뚱 걸어왔다. 살라이가 입술에 손가락을 대고 조용히 하라는 시늉을 하자, 난쟁이는 고분고분하게 잠자코 있었다. 살라이는 난쟁이의 양 손에 아니스 과자를 하나씩 쥐여 주고 입에도 하나 물려 주었다. 그러고 나서 "눈을 뜨세요, 마님." 하고 소리쳤다.

눈을 뜬 베아트리체는 마텔로와 살라이를 번갈아 바라보았다. 그러고 나서 우아한 몸짓으로 난쟁이한테서 과자를 모두 빼앗았다. 그 중에서 난쟁이가 입에 물고 있던 과자를 살펴보더니, 얼굴을 살짝 찌푸리며 마텔로의 두툼한 입술 사이에다 도로 밀어넣었다.

"이건 영원히 네 것이니라."

베아트리체는 나머지 두 개 중 하나를 살라이한테 내밀었다. 살라이가 받으려고 손을 내미는 순간, 베아트리체는 얼른 등 뒤로 과자를 감추었다.

"네가 누군지 말해 주면 이 과자를 주지."

"저는 살라이라고 해요."

"난 베아트리체 데스테야. 밀라노의 공작 일 모로, 그러니까 루도비코 스포르차의 아내지."

살라이가 대답했다.

"예, 알아요. 전에 한 번 뵈었죠. 마님을 처음 봤을 때 저는 토해 버렸어요."

"그래? 난 분명히 너처럼 아름답진 않지만, 네가 못생긴 사람을 보면 토하는 줄은 몰랐어."

"그 날 아니스 과자를 너무 많이 먹어서 그랬을 거예요."

그 말을 듣자 베아트리체는 살라이한테 내밀었던 과자를

다시 등 뒤로 감추었다.

"토하는 것말고 또 무슨 일을 하지?"

"음, 저는 레오나르도 다 빈치 선생님의 조수예요. 아까는 산에 가던 길이었어요. 선생님은 안 풀리는 과학 문제가 있으면 저한테 물어 보시거든요. 연극 '낙원'에 썼던 회전 무대도 제가 발명한 건데, 마음에 드셨나요?"

"그래, 아주 좋았어, 살라이. 그런데 그걸 몇 사람이 돌린 거니?"

살라이는 태연히 대답했다.

"별로 많지 않았어요. 기껏해야 4천 명 아니면 8천 명이었겠죠."

"그 사람들도 다 네가 만들었니? 아주 조용한 사람들을 만든 것 같던데. 그 4천 명에서 8천 명의 사람들이 무대를 돌리는 소리가 나한테는 보통 사람 대여섯 명이 일하는 소리로밖에 들리지 않던걸."

"아, 그럼요. 저는 사람 만드는 데에는 도가 텄어요. 그 중에서도 조용한 사람 만들기가 제 전문이죠. 소리를 전혀 안 내는 사람 하나 보여 드릴까요? 자, 제 말이 들리는지 잘 들어 보세요."

살라이는 그렇게 말하고는 소리를 내지 않고 입술만 움직여서 '베아트리체 공작 부인은 아름다운 귀부인이다.' 하고 말했다.

베아트리체는 살라이의 입술을 자세히 들여다보더니, 고개를 끄덕이고는 혀를 끌끌 찼다.

"별로 신통치 않구나, 살라이. 다 들리잖아. '살라이는 밀라노 최고의 거짓말쟁이다.'라고 말야."

그러자 살라이는 공작 부인의 눈을 들여다보았고, 베아트리체도 살라이의 눈을 들여다보았다. 그 순간 둘은 그 후로도 오랜 세월 동안 서로를 묶어 준 눈길을 나누었다. 서로의 눈 속에서 공감할 수 있는 뭔가를 발견한 것이다. 그것은 바로 순수한 장난기였다. 둘은 그렇게 서로를 바라보다가 스멀스멀 번지는 웃음을 못 이겨 눈의 초점을 잃었다. 다음 순간 살라이와 베아트리체는 아기의 첫 걸음마를 지켜보는 사람들처럼 나직하게 소리내어 웃었다. 상대방한테서 자신의 모습을 볼 때 나오는 웃음이었다.

베아트리체가 말했다.

"자, 살라이, 내가 소리내지 않고 말을 얼마나 잘 하는지 똑똑히 봐."

베아트리체는 아주 또렷하게 입술을 움직였다.

'마텔로한테 돌아가라고 해.'

그러고는 큰 소리로 덧붙였다.

"그렇게 해 주겠니, 살라이?"

"물론이죠, 마님."

살라이는 마텔로에게 돌아서서 말했다.

“베아트리체 공작 부인은 이제 네가 필요 없으시대. 마님
은 너더러 ‘이사벨라 말로는’ 공작 부인한테 가서 동생 베아
트리체가 무척 보고 싶어하더라고 전하래. 수두 앓는 사람이
홍역을 그리워하듯이 그리워한다고 전해.”

난쟁이는 살라이를 쳐다보다가 베아트리체를 보더니, 몇
번이고 둘을 번갈아 멀뚱멀뚱 쳐다보았다.

베아트리체가 말했다.

“통역 잘 했어, 살라이.”

베아트리체는 난쟁이한테 웃어 주고는, 그가 당황해하는
것이 안쓰러워서 다정하게 말해 주었다.

“마텔로, 이제 가도 좋아. 난 기분이 한결 좋아졌단다.”

난쟁이가 성으로 뒤뚱뒤뚱 뛰어가자 베아트리체가 살라
이에게 물었다.

“이제 어디로 갈 거니?”

“산으로요.”

“아, 그래. 산꼭대기에서 레오나르도하고 과학 문제를 의
논한다 그랬지.”

베아트리체는 의자에서 벌떡 일어나더니 단호하게 말했다.

“나도 같이 가겠어. 그 자루에 내 점심거리까지 넉넉히 들
어 있겠지?”

“아니스 과자만 빼고는 다 넉넉해요.”

9

　두 사람이 찾아갔을 때, 레오나르도는 땅바닥에 앉아 들꽃을 손에 올려놓고 이리저리 뒤집어 보고 있었다. 레오나르도가 몇 시간이고 계속해서 잡초를 관찰하는 모습은 처음이 아니었다. 언젠가 살라이가 "뭐 하는 거예요, 선생님?" 하고 묻자, 레오나르도는 "풀을 관찰해." 하고 대답했다. 살라이는 이제 레오나르도의 오랜 침묵과 괴상한 대답에 익숙해져 있었다.

　어린 공작 부인은 풀을 손가락 사이에 끼우고 빙글빙글 돌리고 있는 레오나르도에게 다가갔다. 그리고 뒤에서 레오나르도의 어깨 너머로 손을 뻗어 그 풀을 집어 들었다.

　베아트리체가 말했다.

　"베들레헴의 별꽃이군요."

　레오나르도는 깜짝 놀라서 고개를 들더니 자리에서 일어서려고 했다. 그러자 베아트리체는 그대로 앉아 있으라는 뜻으로 레오나르도의 어깨를 지그시 눌렀다.

"레오나르도 선생, 이런 하찮은 잡초도 당신이 그리면 영원한 생명을 얻게 되겠죠."

"무척 친절한 분이시군요, 마님."

레오나르도는 이렇게 대답하며 돌아앉아 베아트리체를 바라보았다.

베아트리체는 레오나르도의 눈을 물끄러미 바라보았다.

"아니오, 나는 무척 친절하지는 않아요. 그냥 친절한 것뿐이에요. 내가 '무척'이라고 할 수 있는 건 솔직함이에요. 난 무척 솔직하죠. 게다가 무척 무시당하고 있고요."

"아니, 마님, 온 이탈리아에서 가장 부유한 루도비코 공작님의 부인께서 어떻게 무시당할 수 있단 말입니까? 마님을 찬미하고 마님의 뜻에 기꺼이 따르려는 사람들이 많지 않습니까?"

"맞아요, 레오나르도 선생. 그건 당신도 마찬가지겠죠. 하지만 내가 누구인지는 알지만 어떤 사람인지는 모르는 사람들한테 둘러싸여 찬사를 받는다고 해서 외로움을 이길 수 있을까요? 내 까무잡잡하고 못생긴 거죽과 그 위에 붙은 '공작 부인'이라는 칭호가 아닌 다른 것을 보아 주는 사람이 단 한 명도 없는데, 어떻게 외롭지 않겠어요? 내가 우리 언니처럼 금발 머리에 우아한 얼굴이라면, 사람들은 나의 내면까지 들여다보고 싶어하겠죠. 사람들은 이 칙칙한 포장지 안에서 화사한 색깔들을 발견할 거예요. 무지개가 가진 모든 색깔의 색조 하나하나까지 볼 줄 아는 눈과 류트*의 음 하나하나를 들을 줄 아는 귀를 발견할 거예요. 온갖 향기, 온갖 감촉, 온 갖 맛에 대해 흥분하는 피를 발견할 거라구요.”

공작 부인은 잠시 말을 멈추었다. 그리고 살라이를 보고 웃으며 이렇게 말했다.

“아니스 맛만 빼고. 당분간 아니스는 당기지 않을 거야.”

레오나르도는 어린 공작 부인을 꼼꼼히 살펴보더니 이렇게 말했다.

“마님은 용모가 수수하시군요.”

그러고는 손에 든 베들레헴의 별꽃으로 눈을 돌렸다.

“이런 소용돌이꼴의 잎 속에서 참으로 수수한 꽃이 피었지요? 제가 연구하고 있는 것은 바로 이 소용돌이꼴의 잎들입니다. 마님께서도 수수한 꽃 같은 얼굴보다는 잎의 모양을 흥미롭게 가꾸는 게 어떨까요?”

“그런 건 이미 있답니다. 하지만 모든 사람이 다 레오나르도 다 빈치는 아니지요. 모든 사람이 다 소박한 꽃을 유심히 들여다보지는 않는다구요. 내 남편은 서른아홉 살이에요. 그 사람은 세속적인 사람이고, 또 밀라노에서 첫손꼽는 아름답고 총명한 아가씨를 사랑하고 있어요. 파비아에서 결혼식을

*류트 : 14~17세기에 쓰였던 기타와 비슷한 현악기.

마치자마자 남편은 그 아가씨가 있는 밀라노로 서둘러 돌아왔죠. 나는 내가 왜 배를 타고 이곳 저곳 떠돌아다녀야 되는지 알고 있었지만, 그 사람한테는 아무 말도 하지 않았어요. 어머니와 언니 앞에 있을 때처럼, 그 사람 앞에서도 도무지 입이 떨어지지 않아요. 둘째 딸로 태어났고 어머니한테도 늘 두 번째였는데, 여기 와서도 두 번째군요. 남편의 사랑을 얻을 수만 있다면 이 까맣고 못난 얼굴이라도 꾸밀 텐데.”

레오나르도가 말했다.

“꾸미지 마십시오. 오히려 투명하게 드러내세요. 앉아 보세요, 마님.”

베아트리체가 앉자 레오나르도는 나직한 목소리로 솔직하게 말했다.

“마님의 남편은 바쁜 분입니다. 성미도 급하시고요. 과시욕도 많고, 아름다운 물건과 아름다운 사람들에 둘러싸여 있기를 좋아하지요. 하지만 공작님은 이탈리아에서 가장 훌륭한 예술 후원자가 될 자질이 있습니다. 피렌체의 메디치 가*보다도 더 훌륭하시지요. 그분은 가짜와 진짜를 가릴 줄 알고, 복제품과 진품을 구분할 줄 압니다. 훌륭한 작품을 보면 그게 왜 훌륭한지는 모르더라도 훌륭하다는 것만은 알아보

---

*메디치 가 : 15~16세기 이탈리아 피렌체 시의 명문 집안으로 예술가들을 널리 후원했다.

며, 훌륭한 작품을 기꺼이 후원하시지요. 그분은 참된 재능을 직감으로 알아봅니다. 말도, 남자도, 그림도, 그리고 또 여자한테서도 뛰어난 자질을 찾아 내지요. 그리고 그 진가를 알아보고 즐기십니다. 하지만 마님, 마님의 말씀이 맞습니다. 그분은 시간을 들여 그런 것을 찾지는 않으시니까요. 재능을 존중하지만, 눈앞에 보이는 재능만을 보시지요. 마님께서는 체칠리아한테는 없는 마님만의 독특한 재능이 있습니까?”

“재미에 대한 감각이 있어요.”

“그럼 그것을 공작님께 드리십시오. 그 재미에 대한 감각이 공작님을 마님의 영혼으로 이끌어 줄 겁니다. 우리 시대는 불행히도 그런 감각이 부족하지요.”

살라이가 끼어들었다.

“마님, 마님도 체칠리아에 대해 아는 줄 몰랐어요.”

“살라이, 내가 너처럼 이목구비가 반듯하고 황금빛 곱슬머리라면, 사람들은 내가 무슨 생각을 하는지 관심을 가져 줄 거야. 사람들은 아름다운 사람의 기분을 상하게 하고 싶어하지 않으니까. 나도 체칠리아만큼 아름답다면, 레오나르도 다 빈치한테 초상화를 그려 달라고 할 텐데.”

“그려 달라고 해도 돼요. 선생님은 얼굴을 그리는 일이란 머릿속에 든 것을 보여 주는 거라고 믿거든요. 게다가……”

살라이는 우쭐대며 말을 계속했다.

“지금은 내가 옆에서 도와 드리고 있으니까요.”

공작 부인은 눈을 내리깔고 중얼거리듯 말했다.

"그럴 수도 있겠지. 그래, 그럴 수도 있어. 하지만 그러면 안 돼. 어쩌면 난 허영심이 너무 많은지도 몰라. 아니면 선생의 재능을 너무 존경하는지도 모르고. 화폭에 빛을 창조해 낼 수 있는 사람한테 그늘에 남아 있어야 할 얼굴을 그리게 하면 되겠니?"

살라이가 말했다.

"내 말 좀 들어 봐요. 우리 선생님은 온갖 이상한 얼굴들을 그려요. 항상 괴상한 얼굴들을 그린다구요. 작업장에 가 보면 그런 그림들이 널려 있는걸요."

"내 얼굴은 괴상함과 아름다움 사이에 있어. 흥미로운 것과는 거리가 멀지. 못생긴 얼굴이라고."

살라이가 말했다.

"난 좋은데."

레오나르도도 덧붙였다.

"저도 좋습니다."

그러자 어린 공작 부인은 한숨을 쉬고는 웃으면서 말했다.

"점심 먹어요."

10

산에 갔다 온 뒤로 베아트리체는 살라이를 자주 불렀다. 레오나르도가 살라이를 작업장 일에서 빼 주면 살라이는 공작 부인한테 갔다. 저녁이면 레오나르도도 두 사람과 자주 어울렸다.

레오나르도가 베아트리체를 찾아가자 곧 다른 사람들도 그 뒤를 따랐다. 사람들은 레오나르도를 보러 왔다가 공작 부인한테 반해서 그 곳에 머물렀다. 저녁이면 베아트리체의 방에서는 시가 낭송되고 노래가 불려지고 음악이 연주되었다. 그 방에는 시, 노래, 음악말고도 한 가지가 더 있었는데, 살라이는 그것을 마법이라고 생각했다.

살라이는 베아트리체가 마법사라고 굳게 믿었다. 사람들이 한 방에 마주 앉아서 하품이 터져 나오는 것을 꾹꾹 참다가도, 베아트리체만 끼어들면 갑자기 즐거운 이야기꽃이 피는 광경을 살라이는 지켜보았다. 말수가 적고 자의식이 강한 레오나르도조차 베아트리체에게 들려 줄 이야기와 우화 들을 공책에 적기 시작했다. 매우 복잡하고 어려워서 풀기 힘든 수수께끼도 만들어 냈다. 사람들은 레오나르도가 여유롭게 수수께끼를 내는 모습을 좋아했다.

베아트리체는 저녁이면 실내에서 예술을 즐기고, 오후에는 야외에서 순수한 즐거움을 찾아다녔다. 프란체스코와 그 찌르레기 떼는 오후에 같이 놀기 좋은 친구들이었다. 그들은 모두 낚시나 승마, 사냥과 빈둥거리기를 좋아했다. 베아트리체는 정교한 놀이와 우스개 이야기들을 곧잘 지어 냈다. 살라이한테는 아주 잘 맞는 것들이었다.

한번은 베아트리체가 살라이한테 여동생 도로테아의 옷 중에서 가장 허름한 옷을 가져다 달라고 했다. 그 대신 도로테아한테는 금실로 짠 멋진 비단옷을 주었다. 베아트리체는 살라이와 함께 빛바랜 헌 옷으로 갈아입고 나서, 살라이한테 더러운 자루를 주며 금화를 담으라고 했다. 그런 다음 베아트리체는 금화 위에다 소금에 절인 넙치 열 마리를 얹었다. 살라이가 그 자루를 둘러멨다.

둘은 은그릇 가게로 쳐들어갔다. 고약한 비린내를 풍기는 두 사람이 들어오자, 가게 주인은 다른 손님의 눈에 거슬리기 전에 그들을 쫓아내려고 애썼다. 가게 주인이 자기들을 쫓아내지 못해 안절부절못하는 것을 보고 베아트리체가 살라이한테 신호를 보냈다. 살라이가 자루를 흔들었다. 자루에서 짤랑짤랑 금화 소리가 나는 순간, 가게 주인은 두 사람이 가게를 둘러보게 하기로 마음을 고쳐먹었다. 금은 모든 허물을 씻어 주는 법이다.

베아트리체가 물었다.

"이 소금 그릇은 얼마예요?"

가게 주인은 베아트리체의 어깨 너머로 손을 뻗어 그릇을 빼앗았다. 그러고는 향수 뿌린 손수건을 코에 대고 말했다.

"금화 사십 닢이오. 밀라노 공작 부인께서도 똑같은 걸 갖고 계신답니다."

베아트리체는 살라이를 돌아보며 물었다.

"성에서 이런 거 본 적 있어?"

살라이는 고개를 저었다.

주인이 말했다.

"바로 어제 공작 부인께서 사람을 보내어 우리 가게에서 그릇 몇 점 살 수 있겠냐고 물어 왔다오. 공작 부인의 빼어난 안목에 봉사하게 되었으니 영광이지요."

"공작 부인의 빼어난 안목에 봉사하는 것이 금화 열 닢의 가치가 있나요?"

주인이 대답했다.

"그보다 훨씬 더 값진 일이지요."

베아트리체가 살라이를 돌아보며 말했다.

"우리, 소금 그릇 하나 사자."

그러자 살라이는 헤벌쭉 웃고는 어릿광대처럼 까딱까딱 고갯짓을 했다. 그리고 자루에서 생선 열 마리를 꺼냈다. 살라이는 베아트리체를 쳐다보고 베아트리체가 고개를 끄덕일 때마다 생선을 한 마리씩 계산대 위에 줄줄이 늘어놓았다. 가게 주인은 헛기침도 하고 계산대를 탁탁 두드리기도 하면서 어서 돈을 내놓으라고 눈치를 주었지만, 살라이는 느긋하기만 했다. 살라이는 금화를 한 닢씩 꺼내어 웃옷에 싹싹 닦은 다음, 베아트리체를 한 번 쳐다보고 씨익 웃고 나서 생선 위에 금화 하나 얹고, 또 한 번 쳐다보고 나서 금화 얹기를 되풀이했다. 열 마리에 금화를 모두 얹고 나자, 살라이는 그런 짓을 두 번 더 되풀이했다. 베아트리체는 주인한테 방긋 웃어 보였다.

살라이가 금화 서른 닢을 얹고 나자 베아트리체가 말했다.

"이 아이는 생선으로 숫자를 센답니다."

"계산은 아직 안 끝났어요. 동전 하나씩 더 올려놔야 돼요. 생선 열 마리에 동전을 네 개씩 곱해야 동전 사십 개잖소."

베아트리체가 말했다.

"동전 사십 개라뇨? 그렇지 않아요. 사과 세 개 곱하기 배 열 개는 사과배 삼십 개잖아요. 그러니까 동전 네 개 곱하기 생선 열 마리는 동전 사십 개가 아니라 생선동전 사십 개든지 동전생선 사십 개예요."

주인이 말했다.

"아니 이봐요, 이 생선들은 그저 계산대잖소."

베아트리체가 말했다.

"아니, 그럴 리 없어요. 생선들은 계산대 위에 있잖아요."

살라이는 웃지 않으려고 기를 썼다.

가게 주인은 정신을 차려야겠다는 듯이 고개를 흔들고 나서 말했다.

"어쨌든 소금 그릇의 가격은 금화 사십 닢이오. 더는 말하지 않겠소."

"더하라는 게 아니라 빼 달라는 거예요. 공작 부인한테 봉사하는 게 금화 열 닢의 가치는 된다고 했잖아요. 사십 빼기 십은 삼십이죠."

베아트리체는 주인한테 방긋 웃어 보이고는 발치를 내려다보며 작은 소리로 수줍게 말했다.

"내가 바로 공작 부인이에요."

가게 주인은 더 이상 참을 수가 없었다. 지금까지 참을 만큼 참았다. 주인은 가게 앞쪽을 쳐다보다가 마침 근사하게 차려 입은 잘생긴 산 세베리노와 프란체스코가 들어오는 것을 보았다. 가게 주인은 산 세베리노와 프란체스코뿐 아니라 밀라노 시민의 절반은 들을 수 있도록 큰 소리로 떠들었다.

"당신이 밀라노 공작 부인이라면, 밀라노 공작님은 바다의 신 넵튠이겠구려. 꼭 물고기 마누라처럼 비린내가 풀풀

풍기니 말이오."

그 순간 베아트리체가 산 세베리노한테 신호를 보내자 산 세베리노가 한달음에 뛰어왔다. 그리고 베아트리체의 두 뺨에 다정하게 입을 맞추었다.

산 세베리노가 말했다.

"공작 부인 마님, 안녕하십니까?"

프란체스코가 그 뒤를 이었다. 그도 다가와서 귀족 예절에 따라 베아트리체한테 절을 하고 인사했다. 가게 주인은 멋쩍게 웃으면서 물건만 못 팔게 된 게 아니라 공작 부인에게 봉사할 기회까지 놓쳐 버렸다는 걱정으로 말을 더듬었다.

베아트리체는 산 세베리노와 프란체스코 두 사람과 팔짱을 끼고 가게를 나가려다가 살라이를 돌아보며 말했다.

"저 사람한테 금화 사십 닢을 줘. 소금 그릇은 삼십 닢밖에 안 되지만, 오후를 즐겁게 보낸 건 금화 열 닢의 가치는 되니까."

살라이는 재빨리 생선 위에 금화를 한 닢씩 더 얹었다. 베아트리체는 소금 그릇을 집어 들고 가게 주인에게 말했다.

"이러면 당신도 거짓말쟁이가 아닌 거죠? 앞으로는 밀라노 공작 부인이 이것과 똑같은 소금 그릇을 사 갔다고 자랑해도 돼요."

살라이는 금화가 네 닢씩 올려져 있는 생선들을 쓱 훑어보고는 말했다.

"생선도 가지세요."

그런 다음 네 사람은 서로 팔짱을 끼고 밖으로 나갔다.

그 날 저녁 그들은 그 사건을 사람들에게 들려 주었다. 살라이가 가게 주인과 손님 흉내를 내고, 산 세베리노가 해설을 곁들였다.

얼마 안 있어 장인과 시인, 화가 들이 밀라노 성으로 몰려 들었다. 돈 때문에 왔던 사람도 마법에 걸려 떠나지 않았다. 돈으로만 보면 로렌초 다 파비아가 왜 흑단과 상아로 된 세상에서 가장 아름다운 클라비코드*를 베아트리체에게 바쳤는지 이해할 수 없다. 또 자수의 명인 스페인의 소르바가 왜 베아트리체에게 그녀의 어머니를 비롯한 다른 귀족들의 것보다 더 아름다운 드레스와 망토를 만들어 주었는지도 알 수 없다. 금세공사 카르도소는 예전부터 일 모로 밑에서 일했지만, 베아트리체를 만난 뒤에야 '엘 스피고'라는 값을 따질 수 없는 루비가 들어간 그 유명한 다이아몬드 진주 장식줄을 만들었다. 모두가 최고의 작품을 바쳤다. 밀라노의 어린 공작 부인은 머릿속에 보이지 않는 잣대를 가지고 있었기 때문이다. 베아트리체에게 고용된 사람들은 자신이 다른 장인들과 겨루는 것이 아님을 알고 있었다. 자신이 겨루는 상대는 완벽한 작품이었다.

*클라비코드 : 피아노와 비슷한 옛 악기.

살라이도 자기가 힘들여 얻은 최고의 결실을 공작 부인한
테 바쳤다. 아버지한테 주려고 레오나르도한테서 훔친 터키
제 생가죽을 팔아서 그 돈으로 베아트리체에게 가장 맛있는
아니스 과자를 사다 준 것이다.

베아트리체보다 아름다움에 민감한 사람도 없었고, 살라
이보다 베아트리체한테 민감한 사람도 없었다.

11

일 모로가 공학이나 전쟁 무기나 성벽 설계에 관해 의논하
려고 레오나르도를 찾을 때마다 레오나르도는 베아트리체와
함께 예술을 토론하거나 류트를 연주하거나 노래를 부르고
있었다. 일 모로는 레오나르도를 찾으러 아내의 방에 들렀다
가 자기도 마법에 걸려 그 곳에 머무르게 되었다. 그 곳에는
즐겁고 재치 있는 대화와 웃음이 넘쳐 흘렀다. 이 조그맣고
가무잡잡한 여자가 레오나르도 같은 위대한 지성의 관심을
끈다면, 이 못생긴 여자가 장인들에게 영감을 주어서 공예품
을 예술의 경지로 끌어올린다면, 일 모로가 미처 보지 못한
것이 있는 게 틀림없었다. 지금껏 레오나르도의 눈을 통해
강의 흐름을 조사하고 도시 계획을 개선했던 일 모로는, 이
제 레오나르도의 눈을 통해 자신의 아내를 발견했다.

일 모로는 베아트리체와 함께 그녀가 가장 좋아하는 시골
마을인 비제바노에 갔다. 레오나르도도 포도밭 개량과 토지

관개 사업을 추진하려고 그 곳에 가 있었다. 공작은 비제바노에 도착하자마자 레오나르도에게 시범 마을을 건설하기 시작하라고 했다. 일이 쌓여서 저녁까지 이어졌다. 살라이는 자질구레한 일 때문에 베아트리체를 만날 틈도 없자 분통을 터뜨렸다.

살라이는 레오나르도에게 투덜댔다.

"대체 일 모로는 어떻게 된 거예요? 한꺼번에 열댓 가지 일을 시키잖아요. 평소처럼 절반만 시키면 어디가 덧나나요? 그 사람 어떻게 된 거 아니에요?"

"일 모로가 잘못된 게 아냐. 사랑에 빠진 거지. 사랑에 빠지면 게으른 사람은 더 게을러지고, 야심찬 사람은 더 야심차지는 법이란다."

"우리 공작님께서 이번에는 누구를 사랑하시나요?"

"공작 부인을 사랑하고 있지."

살라이는 침을 꿀꺽 삼켰다. 공작이 이번에는 누구를 사랑하게 되었는지 살라이도 잘 알고 있었다. 공작의 사랑이 움트는 것을 제 눈으로 직접 보았으니까.

살라이는 이렇게 내뱉었다.

"하, 그래요? 대체 자기가 뭐라고 자기 아내를 사랑하고 그래? 베아트리체를 알아본 건 우리가 먼저였다구요."

비제바노에 머물던 어느 날 저녁, 공작이 레오나르도를 자신의 처소로 불렀다. 베아트리체 공작 부인도 함께 있었다. 살라이는 이야기도 나누고 놀이도 하겠거니 하고 기대에 부풀어 레오나르도를 따라갔지만, 일 모로는 사업 이야기만 했다. 마침내 일 모로가 밀라노 성에서 '그만 하자.'는 표시로 통하는 헛기침 소리를 내자 시범 농장 계획에 대한 의논이 끝났다.

일 모로가 입을 열었다.

"레오나르도 선생, 내 사랑하는 아내의 초상화를 그려 주게나. 이 사람의 아름다움을 잘 포착해서 그려 낼 사람은 자네밖에 없네. 내일 당장, 여기 비제바노에서 시작하게. 오늘 말을 타고 농지를 둘러보니, 포도밭과 농장 일들이 많이 진척되었더군. 그래서 자네가 짬을 낼 수 있으리라 생각했다네."

베아트리체의 곁에 가지도 못하고 놀지도 못하게 된 살라이는 속으로 투덜거렸다. 저 사람은 대체 레오나르도한테 뭘 바라는 거야? 꼬리라도 만들어서 그림을 그리라는 소린가? 이미 두 손으로도 모자랄 만큼 많은 일감을 안겨 줘 놓고 말야. 하지만 이런 생각도 들었다. 레오나르도가 베아트리체를 그리면 베아트리체는 몇 시간이고 모델을 설 것이고, 그러면 살라이는 베아트리체를 실컷 바라보고, 이야기도 하고, 즐겁게 놀 수 있을 것이다.

살라이의 마음이 환하게 밝아지는 순간, 베아트리체가 말했다.

"하지만 여보, 레오나르도 선생은 그림 도구가 모두 밀라노에 있어서 여기서는 그림을 못 그려요."

일 모로가 말했다.

"그럼 도구들을 가져오라고 하면 되지. 목록을 적어 주게, 선생. 모레면 물건들이 도착할 걸세. 그 때 시작하게."

하지만 베아트리체는 이렇게 말했다.

"여보, 당신이 왜 제 초상화를 그리게 하려는지 알아요. 제 말 타는 솜씨가 쑥쑥 느는데다 사냥 매도 너무 잘 다루니까 샘이 나서 그러는 거죠? 당신은 제가 말타기를 그만두고 가만히 앉아 있기만 바래요. 하지만 제 생각은 달라요. 제가 말 타고 있는 모습을 그리도록 허락해 주면 레오나르도 선생한테 초상화를 그리도록 하겠어요."

"하지만 베아트리체, 그런 초상화를 그리는 귀부인은 없소. 말을 탄 모습은 승리한 전사들한테나 어울리지 정숙하고 사랑스런 여인들에겐 어울리지 않소."

"사랑하는 루도비코, 당신은 사람들이 제 초상화를 보고 어느 쪽이 말이고 어느 쪽이 당신 아내인지 구별하지 못할까 봐 걱정하는 거죠?"

"이런, 이제 보니 당신은 날 놀리고 있구려."

"당신을 놀리다니요. 레오나르도 선생은 체칠리아 갈레라니 양과 똑같은 자세를 취한 담비 초상화도 그렸으니까 저하

고 똑같은 자세를 취한 말의 초상화도 그릴 수 있을 것 같았
어요. 저한테는 말이 더 어울려요."

긴 침묵이 흘렀다. 일 모로는 아내를 바라보다가 레오나르
도를 바라보더니 눈길을 떨구었다.

"농담이 너무 심하구려."

베아트리체가 남편 앞으로 나아갔다.

"저 좀 보세요, 루도비코."

베아트리체의 말에 공작이 눈을 들었다. 눈이 마주치자 베
아트리체가 깔깔댔다. 고개를 젖히고서 웃음소리가 온 방에
울려 퍼질 정도로. 일 모로는 처음에는 어리둥절한 표정을
짓다가 안심하고는 자기도 껄껄 웃기 시작했다. 살라이도 공
작과 공작 부인을 따라 목구멍에서부터 큰 소리로 웃으려 애
썼지만 잘 되지 않았다. 살라이는 베아트리체의 진짜 웃음소
리를 숱하게 들었기 때문에 이 웃음소리는 그저 소리에 지나
지 않는다는 것을 알고 있었다. 레오나르도는 여전히 엄숙하
게 있었다.

베아트리체가 웃음을 뚝 그쳤다. 너무 갑작스러워서 일
모로는 베아트리체가 웃음을 그친 줄도 몰랐다. 일 모로의
웃음소리가 귀에 거슬리게 공허하게 울려 퍼졌다. 일 모로
도 웃음을 그치자, 레오나르도는 이만 물러가자고 살라이의
옷깃을 잡아당겼다. 살라이는 스승의 얼굴에서 안으로 가라
앉는 냉담한 표정을 보았다. 그것은 인간의 감정이 너무 격

렬하거나 너무 노골적으로 드러났을 때 스승이 짓는 표정이
었다.

살라이는 자신들이 나간 뒤 베아트리체가 공작에게 뭐라
고 말했는지 알지 못했지만, 다음 날도 그 다음 날도 레오
나르도의 물감을 가지러 갈 사람을 보내지 않았다는 것을
알았다. 또 밀라노에 돌아왔을 때 체칠리아 갈레라니가 베
르가미니 백작과 결혼하여 초상화를 가지고 성을 떠났다는
사실도 알게 되었다.

12

　결혼 후 세 번째 맞는 1월이 끝나갈 무렵, 베아트리체가
첫 아이를 낳았다. 그 아기는 공작이 바라던 대로 조그맣고
훌륭했다. 아들이었던 것이다. 공자의 탄생을 축하하기 위해
공작은 엿새 동안 종을 울리고, 빚을 못 갚아 감옥에 갇힌 사
람들을 모두 풀어 주었다. 처음에 공작 부부가 베아트리체의
아버지 이름을 따서 아들의 이름을 에르콜레라고 짓자 베아
트리체의 아버지는 우쭐해했다. 하지만 공작 부부는 아들의
이름을 신성 로마 제국* 황제의 이름을 딴 막시밀리안으로
바꾸었다. 그러자 이번에는 막시밀리안 황제가 우쭐해했다.
그쪽이 정치적으로 더 유리했다.
　일 모로는 입에 침이 마르도록 아내를 칭찬했다. 그리고

*신성 로마 제국 : 962년 로마 교황이 독일 왕 오토 1세를 황제로 세우
면서 독일 제국에 붙인 이름.

아내를 사랑한다는 사실을 서슴없이 드러냈고, 베아트리체는 활짝 피어났다. 요 이삼 년 사이에 베아트리체가 피어나는 모습은 사람의 한평생을 두세 시간으로 압축한 연극처럼 극적이었다. 밀라노 성에서 이 젊고 생기 넘치는 공작 부인을 사랑하지 않는 사람은 하나도 없었다. 그리고 열세 살 난 살라이보다 베아트리체를 더 사랑한 사람도 없었다. 베아트리체는 이제 아내와 어머니와 공작 부인의 역할을 척척 해냈다. 그런 일들을 하는 데는 시간이 많이 필요했지만, 한가한 시간에 살라이가 찾아오면 언제나 반갑게 맞아 주었다. 살라이는 베아트리체와 늘 함께 있는 사람이었다가 잠깐씩만 함께하는 사람으로 밀려났다. 하지만 둘이 함께 있는 시간만큼은 완벽하게 함께했다.

살라이는 눈에 띄는 것이면 뭐든지 베아트리체의 관심을 끌 수 없을까 싶어 살펴보았다. 레오나르도가 의미 없는 낙서를 무늬로 만들었다가 다시 도안으로 변형시킨 것을 보고는 그 종이를 가져다가 베아트리체에게 선물했다.

살라이가 말했다.

"이 도안으로 소매를 장식하면 좋을 것 같아서요."

"네가 만든 거니, 살라이?"

"내가 레오나르도 선생님한테 주문한 거예요."

베아트리체는 종이를 꼼꼼히 살펴보았다. 뒤집어 보기도 하고 거꾸로 보기도 하고 비스듬히 보기도 했다.

“정말 고맙구나, 살라이. 하지만 여기 왼쪽에 있는 말 그림이 레오나르도한테 필요 없는 거 분명하니?”

“난 말이라면 지긋지긋해요, 마님.”

베아트리체가 물었다.

“이 그림 레오나르도 선생한테서 훔친 거지, 살라이?”

“난 절대 훔치지 않아요, 마님. 푸딩을 만들려고 암소한테서 우유를 얻는 게 훔치는 거예요?”

“좋아, 살라이. 푸딩을 만들게.”

베아트리체는 그 도안을 스페인 출신 자수의 명인 소르바에게 주었고, 소르바는 그 도안대로 베아트리체의 드레스 소매에 수를 놓았다.

3월에 이사벨라 후작 부인이 여동생과 새로 태어난 조카를 보러 왔다.

이사벨라가 떠들썩하게 인사했다.

“아, 사랑스런 내 동생 베아트리체, 이젠 잘 숙성된 밀라노 치즈처럼 성숙해 보이는구나.”

“고마워, 언니. 언니도 얼굴이 훤하네. 훨씬 더 예뻐졌어.”

그러자 살라이가 넌지시 말했다.

“더 푸짐해져서 예뻐진 것 같은데요.”

살라이는 이사벨라가 살이 찌고 있다는 것을 눈치챘다.

이사벨라는 아기 방에 가서 요람에 누워 있는 막시밀리안을 보았다.

"어머나!"

이사벨라는 이렇게 감탄하더니, 곧 이어

"아아아! 저 요람에 손을 넣어서 아기를 안아 보지 않고는 못 배기겠구나."

하고 호들갑을 떨었다.

"아, 그렇게 해요, 언니."

베아트리체는 이렇게 권하며 직접 이불을 걷고 아들을 안아 올려 조심스럽게 이사벨라에게 건네 주었다.

이사벨라가 말했다.

"아! 갓난아기를 안고 있으면 하느님의 숨결이 느껴지지."

그러고는 바로 유모한테 아이를 넘겨 주며 말했다.

"애들은 꼭 젖을 토한다니까."

살라이가 냉큼 말했다.

"마님은 잘 숙성된 밀라노 치즈를 좋아하는 줄 알았는데요."

이사벨라가 동생에게 물었다.

"이 아이는 누구지?"

베아트리체가 대답했다.

"살라이야. 레오나르도 다 빈치 선생의 조수지."

"아, 너는 아직 선생 밑에 있구나. 안 그래도 여기 있는지 궁금했어. 내가 부탁한 작품에 대해선 아무 말도 못 들었는데. 어린 예수 흉상은 어떻게 됐는지 궁금하군.”

살라이가 냉큼 대답했다.

“그 모델은 말버릇이 고약해지고 수염이 돋기 시작했답니다.”

이사벨라는 눈을 가늘게 뜨고 살라이를 노려보았다. 그러자 베아트리체가 얼른 나서서 어색한 분위기를 바꾸었다.

“살라이, 이사벨라 후작 부인께 성을 구경시켜 드려라. 새로 지은 극장도 보여 드리고.”

살라이는 행복해하며 베아트리체의 부탁을 들어 주었다.

자매란 참 이상하다고 살라이는 생각했다. 살라이한테도 도로테아라는 여동생이 있지만, 수수함과 화려함이 다르듯이 도로테아는 이사벨라와는 딴판이었다. 도로테아는 살라이가 가진 것을 결코 가질 수 없었지만, 행운이 살라이에게 미소를 보낼수록 도로테아도 살라이에게 미소를 보냈다. 도로테아는 아름다운 오빠를 친구들에게 늘 자랑했다. 살라이도 도로테아를 위해 늘 뭔가를 해 주었다. 볼트라피오의 은촉 펜을 훔쳐다 판 돈을 갖다 주기도 했다. 살라이가 옷감을 가져다 주고 소문에 대해 이야기해 주면, 도로테아는 그것들을 가지고 친구들한테서 인기를 누렸다. 살라이와 도로테아는 주고받는 사이였지 경쟁하는 사이가 아니었다.

살라이는 성을 구경시켜 주는 것이 이사벨라를 놀려 줄 좋은 기회라고 생각했다. 그리고 진짜로 놀려 주려면 일단 아부를 해야 한다는 것도 알고 있었다. 물감이 잘 묻도록 캔버스에 풀칠을 하듯이.

살라이가 입을 열었다.

"레오나르도 선생님은 직접 이사벨라 마님을 모시고 싶어 하십니다. 하지만 안타깝게도 사정이 여의치 않았습니다. 그래서 황송하게도 저를 보내셨지요. 제가 마님을 모시고 다니면서 모든 것을 보여 드리겠습니다. 부족한 게 있으면 레오나르도 선생님한테 부탁하지요. 선생님은 지난번에 마님이 작업장에 찾아오신 일을 두고두고 흐뭇해하셨어요. 마님이 왔다 가신 뒤로는 북쪽 창문에서 들어오는 빛도 더 밝고 투명해진 것 같다고 하시더라구요."

그러자 이사벨라는 살라이와 팔짱을 끼며 말했다.

"레오나르도 선생이 또 무슨 말을 했는지 가면서 이야기해 주렴."

살라이는 먼저 일 모로가 아내에게 지어 준 극장으로 이사벨라를 데려갔다. 그런 다음 아기의 축하 선물을 모아 놓은 방에 갔는데, 그 곳은 병사 두 명이 밤낮으로 지키고 있었다. 그 다음은 베아트리체의 수집품들을 진열해 놓은 방이었다. 한 진열장에는 무라노* 유리잔들이 가득하고, 다른 진열장

---

*무라노 : 이탈리아의 베네치아 근처에 있는 섬으로, 화려한 유리 제품의 생산지로 유명하다.

에는 상아가, 또 다른 진열장에는 금과 보석 들이 박힌 칼들
이 즐비했다. 그 다음에는 악기들을 보관하는 방으로 갔다.

"대단하군."

이사벨라는 이렇게 중얼거리고는 로렌초 다 파비아가 사
랑과 재능과 솜씨를 아낌없이 쏟아부은 클라비코드 앞으로
걸어갔다. 흑단으로 만든 그 클라비코드에는 그리스 어와 라
틴 어 명구가 상아로 박혀 있었다. 숨막힐 듯 아름다운 클라
비코드 앞에서 이사벨라는 잠시 할 말을 잃었다. 그리고 싸
늘하게 내뱉었다.

"맹한 게 이익이라니까. 내 동생은 예술 작품에 대해서는
백지와 다름없어. 그러니 너도 나도 붓을 대서 꾸미고 싶어하
지."

살라이가 옷장을 보여 주자 이사벨라가 말했다.

"누가 보면 그 애가 교회 성복실에 가서 교황과 주교들 옷
만 구경하는 줄 알겠군. 이렇게 많은 드레스는 처음 봤어."

살라이는 레오나르도의 도안으로 소매를 장식한 드레스
를 꺼냈다.

"선생님이 저희 마님께 이 소매 도안을 해 주셨지요."

"레오나르도 다 빈치 선생이?"

살라이가 고개를 끄덕였다.

"바로 그분이요."

살라이는 이사벨라를 목욕실로 안내했다.

살라이는 문을 열면서 소리쳤다.

"자, 보십시오!"

이사벨라가 잘라 말했다.

"난 들어가지 않겠어."

그러자 살라이는 간절하게 말했다.

"꼭 들어가 보셔야 돼요, 마님. 와서 보세요. 이것도 저희 선생님이 만드신 거예요. 선생님이 전부 설계했죠. 저희 공작 부인께 선물로 드린 거예요."

"색다른 아름다움이 있군."

"아뇨, 색다른 아름다움만 있는 게 아니고 실용적이에요. 와서 보세요."

살라이는 이사벨라를 목욕실 한가운데로 떠밀었다.

이사벨라는 손으로 부채질을 하면서 말했다.

"안에는 덥네."

그러자 살라이가 손뼉을 쳤다.

"그거예요! 바로 그거예요! 레오나르도 선생님이 그렇게 설계하신 거예요. 숨겨진 벽장에서 열기가 나와 관을 타고 목욕실 구석구석까지 데우기 때문에 저희 마님은 욕조에서 나와도 으슬으슬한 한기를 느끼지 않는답니다. 이것은 선생님이 설계하시고 제가 이름을 붙였어요. 이른바 중앙 난방이라고 하죠."

이사벨라는 붉으락푸르락한 얼굴로 살라이를 돌아보며

명령했다.

"당장 레오나르도 선생한테 나를 안내해라."

"선생님은 지금 기마상 작업을 하고 계시는데요."

그러자 이사벨라는 한탄했다.

"내 동생은 온 이탈리아의 재주꾼들을 손안에 넣고 있으면서도 레오나르도의 재능을 목욕실이나 소매 장식에 쓰고 있다니, 이 무슨 낭비람. 이탈리아에는 분명 소매 장식이나 목욕실 따위를 만드는 것보다 레오나르도 선생한테 더 걸맞는 일이 있어. 나는 그의 붓끝에 아주 잘 어울리는 주제를 찾아 낼 수 있지."

이사벨라는 이렇게 말하면서 턱을 치켜들고 먼 곳을 바라보며 포즈를 취했다.

살라이가 해명을 했다.

"아, 베아트리체 공작 부인께서는 선생님께 초상화를 그리지 않겠다고 하십니다."

"베아트리체는 안중에도 없어."

이사벨라는 다시 턱을 치켜들고 모델 같은 자세를 취했다.

"베아트리체 따위는 안중에도 없고말고."

이사벨라는 다시 한 번 되뇌었다. 그것으로 성 안내는 끝났다.

밀라노 성에는 이사벨라를 훌륭하게 여기는 사람들이 많았다. 이사벨라는 똑똑하고 응석받이로 자란데다가 귀족이었다. 그리고 귀족의 후원에 기대어 사는 사람들은 그런 점들을 훌륭하다고 여겼다. 오랜 세월 동안 집안의 자랑이자 사랑받는 신부이자 만토바의 교양 있는 지도자였던 이사벨라는 밀라노에서도 주목받고 싶어 안달이 났다. 알랑거리는 신하들, 찌르레기 떼들, 프란체스코 무리는 틈만 나면 아첨하려 들었지만, 이사벨라가 관심을 끌고 싶은 사람들은 그런 자들이 아니었다. 이사벨라가 마음을 사로잡고 싶었던 이들은 지성인들, 천부적인 재능을 지닌 사람들, 뛰어난 장인들이었다. 작고 까맣고 쉽게 순응하는 여동생, 보이지는 않지만 머릿속에 진정한 잣대를 가진 여동생, 쌓아 두는 것이 아니라 수집하는 베아트리체에게 자연스럽게 모여든 바로 그 사람들이었다.

1493년 4월 어느 저녁, 밀라노에 온 지 한 달쯤 지났을 때 이사벨라는 이 곳 지성인들의 마음을 사로잡으려고 또다시 일을 꾸몄다. 베아트리체의 방에 모인 몇몇 사람들 앞에서 만토바에서 온 편지를 읽어 준 것이다. 이사벨라는 편지를 보낸 사람이 자기 친구인 학자 폰초네라고 소개했다. 아무도 폰초네라는 이름을 들어 보지 못했냐고? 맙소사, 만토바에서는 아이 낳는 일에서부터 식단표 짜는 일까지 모두 폰초네와 상의한다고?

살라이가 말했다.

"아, 저희 공작님께도 점성술사가 있죠."

"폰초네 선생은 책을 읽지 새똥을 살피지는 않아."

이사벨라는 이렇게 비웃고는 편지를 펼쳐서 큰 소리로 읽었다.

"콜럼버스라는 사람이 최근에 섬 하나를 발견하여 스페인 국왕에게 바쳤다고 합니다. 그 섬에는 우리와 비슷한 키에 구릿빛 피부, 코가 원숭이 코처럼 생긴 사람들이 살고 있습니다. 우두머리들은 남자나 여자나 똑같이 동그란 황금 판을 콧구멍에 달아 입 위로 늘어뜨리고 있지요. 그 섬의 남자 열둘과 여자 넷을 스페인 국왕 앞에 데려왔는데, 몸이 어찌나 약한지 두 명은 의사도 모르는 병에 걸려서 죽었습니다. 살아남은 자들한테 옷을 입혔는데, 그들은 값진 옷을 입은 사람을 보면 존경한다는 뜻으로 어루만지고 손에 입을 맞춘다는군요. 그들은 머리도 좋은 것 같고, 아주 온순하고 고분고분하답니다. 하지만 그들의 말은 아무도 알아듣지 못합니다. 그들은 아무 음식이나 잘 먹기는 하지만, 술은 그들에게 주지 않는답니다. 그들의 고향에서는 나무 뿌리와 커다란 견과류 같은 것을 먹는다고 합니다. 그 열매는 후추처럼 생겼는데, 맛이 좋아서 그것을 주로 먹고 산답니다."

살라이가 말했다.

"참 재미있는 이야기네요. 레오나르도 선생님께 그 편지를 꼭 보여 드리고 싶어요. 선생님은 그런 것들에 관심이 많으셔서 공책에다 곧잘 옮겨 적으신답니다."

이사벨라는 레오나르도가 자기 편지에 관심을 가질 거라고 생각하니 너무 기뻤다. 편지를 읽었던 것도 바로 레오나르도의 관심을 끌기 위해서가 아닌가. 이사벨라는 폰초네가 어떤 사람인지 다시 한 번 자랑을 늘어놓은 뒤, 편지를 더럽히지 않고 그대로 돌려주겠다는 다짐을 몇 번이나 받고서야 편지를 빌려 주었다.

"레오나르도 선생님께서 절대로 이 편지에다 그 유명한 낙서를 끼적거리지 않으시도록 하겠습니다."

이사벨라가 말했다.

"뭐? 만일 선생이 네 말마따나 낙서를 끼적거리려고 하면 절대로 말리지 마라."

"아이구 마님, 꼭 말려야죠. 그 고명하신 폰초네 씨의 편지가 성모 마리아의 얼굴이나 인체 스케치들로 지저분해져서는 안 되죠. 그런 것들은 마님의 아름다운 눈에는 어울리지 않습니다."

"내 눈에 뭐가 어울리는지는 내가 판단해."

"고명하신 폰초네 씨의 편지는 깨끗하게 돌려드리겠습니다. 편지의 빈 공간에 말이나 손이나 어린 예수의 스케치가 그려지는 일은 없을 겁니다."

이사벨라는 억지 웃음을 지었다.

"편지만 돌려주면 돼, 살라이."

살라이는 그 편지를 레오나르도한테 가져와서 낄낄댔다.

"선생님! 이사벨라가 이번엔 또 무슨 짓을 벌였는지 보세요. 그 여자는 아예 새로운 세계를 통째로 꾸며 내서 콜럼버스라는 작자한테 발견하게 하고, 폰초네라는 작자한테 편지를 써 보내게 했답니다."

레오나르도는 그 편지를 읽고 나직하게 웃었다. 레오나르도는 결코 편지를 공책에 옮겨 적지 않았다. 살라이도 그럴 줄 알고 있었다.

13

　막상 이사벨라가 떠나고 나자 살라이는 이사벨라가 보고 싶었다. 꼭 배우와 관객을 모두 잃어버린 것 같았다. 그 후 몇 주 동안 살라이와 베아트리체는 이사벨라가 밀라노에 왔을 때 있었던 일들을 이야기했다. 베아트리체가 그런 이야기를 먼저 꺼낸 것은 아니었다. 항상 살라이가 먼저 열심히 이야기했다. 살라이는 이사벨라와 악기 제작가인 로렌초 다 파비아가 나눈 대화를 그대로 흉내냈다. 자리와 목소리를 바꾸어 가면서, 클라비코드를 만들어 달라고 조르는 이사벨라와 거절하는 로렌초를 1인 2역으로 연기했다.

　살라이는 익살스런 연극의 소재였던 이사벨라가 없어져서 아쉬웠다. 돌이켜보니 이사벨라가 있을 때 베아트리체와 자신은 가장 많은 것을 나눈 것 같았다. 마치 단 둘이서 산꼭대기에 올라가 함께 발 아래 펼쳐진 풍경을 내려다본 것처럼.

　아들 막시밀리안이 태어나자 일 모로는 그렇지 않아도 애

지중지하던 젊은 아내를 더없이 자랑스러워했다. 그리고 5월이 되자 자랑스러움을 넘어 찬탄해 마지않더니, 급기야 베아트리체를 베네치아 공화국에 개인 사절로 보내기로 했다. 밀라노와 베네치아는 둘 다 부유한 강대국이었다. 그래서 두 나라는 오랜 세월 동안 경쟁하는 사이였다. 때때로 경쟁이 전쟁으로 치닫기도 했다. 하지만 이제 프랑스 왕이 이탈리아를 침략하겠다고 벼르고 있었기 때문에 일 모로는 베네치아와 동맹을 맺어야 한다고 판단했다. 프랑스가 쳐들어온다면, 베네치아보다는 밀라노 쪽이 먼저 위험에 처하게 된다. 일 모로는 왼쪽의 적과 전쟁을 해서 이기려면 오른쪽의 적과 평화 관계부터 맺어 두어야 한다는 것을 알고 있었다. 그래서 베아트리체를 베네치아에 보내기로 했다. 베아트리체는 그의 대리인 노릇을 할 것이다. 일 모로는 베아트리체가 오랜 숙적조차 매혹시켜 베네치아를 밀라노의 친구로 만들 것이라고 굳게 믿었다.

베아트리체는 남편의 개인 사절로 가게 된 것이 감격스러웠다. 베아트리체는 자신의 어머니와 오백 명의 수행원을 거느리고 갈 거라고 살라이에게 말했다.

살라이는 준비 과정을 레오나르도에게 알려 주었다.

"오늘 베아트리체의 어머니는 밀라노의 귀부인들이 금화 이백 닢짜리 금줄을 찬다는 소식을 듣고 자기도 페라라의 귀부인들에게 금화 이백이십 닢짜리 금줄을 주었대요."

며칠 뒤에 살라이가 전했다.

"베아트리체가 몇몇 귀부인들한테 진주로 된 묵주를 주니까 베아트리체의 어머니는 더 굵은 진주로 묵주를 만들어서 자기네 귀부인들한테 주었대요. 그러자 일 모로는 밀라노의 귀부인들 '몇몇'이 아니라 '모두'한테 진주로 된 묵주를 주기로 했대요."

며칠도 안 돼서 살라이가 다시 전했다.

"베아트리체의 어머니가 자기네 귀부인들한테 작은 목걸이를 주고 검정 벨벳 줄무늬가 있는 초록빛 비단 드레스를 한 벌씩 맞춰 주자, 베아트리체는 금세공사 카라도소한테 사람을 보내 루비랑 다이아몬드를 빨리 구해 놓으라고 했대요. 그리고 지금은 그 보석으로 밀라노의 귀부인들한테 줄 목걸이를 만들고 있대요. 베아트리체는 가봉한 새 옷을 입어 보느라 다른 데에는 신경 쓸 틈이 없답니다. 베아트리체의 짐을 나르는 데만 마차 열 대하고 노새 오십 마리가 필요할 거래요."

살라이는 자기의 우상인 베아트리체가 딸로서보다는 같은 공작 부인으로서 자기 어머니를 대하고 있다는 사실을 깨달았다.

살라이가 물었다.

"베아트리체는 이사벨라를 흉내내야 어머니한테 잘 보일 수 있을 거라고 생각하는 걸까요?"

레오나드로는 공책을 내려놓으며 말했다.

"우리 베아트리체 공작 부인은 어머니에게 잘 보이려는 게 아니란다, 살라이. 베아트리체는 어머니에게 상처를 주려는 거야. 못생긴 둘째 딸을 무시한 게 잘못이었다는 걸 보여 주려는 거지. 베아트리체는 이제 칼보다 더 예리한 무기로 싸우는 거야. 부(富)는 쾌락뿐 아니라 고통도 살 수 있다는 사실을 안 거지. 베아트리체는 해묵은 상처를 도려 내기 위해 돈을 쓰겠지. 머지않아 네 친구 베아트리체는 우리 마음 속에서 과거가 완전히 묻히는 일은 결코 없다는 것을 알게 될 게다. 그리고 불행한 과거를 극복하는 길은 과거를 껴안고 살아가는 것뿐임을 깨달으려면 좀더 오랜 시간이 지나야겠지."

살라이가 대꾸했다.

"난 내 과거가 불행했다 해도 아니스 과자만 있으면 싹 묻어 버릴 수 있을 텐데."

"어떤 사람들은, 아니 다들 네 과거가 불행했다고 생각할 게다."

"난 아니에요. 그렇게 생각하지 않는걸요. 난 그저 '옛날은 옛날, 지금은 지금, 앞으로는 앞으로'라고 생각해요. 왜 베아트리체는 그렇게 못 하죠?"

레오나르도는 고개를 저었다.

"절대로 그렇게 하지 못하는 사람들이 있단다. 과거의 고통 때문에 현재를 힘겹게 살아가는 사람들도 있고, 또 어떤 사람들은 침묵과 교양으로 자신의 나쁜 기억들을 적당히 가리고 살아가지. 누구나 다 살라이가 될 수는 없는 거야.”

레오나르도는 의자에 손을 얹고 몸을 일으켰다.

“어쨌든 살라이, 네 옛 친구는 머지않아 원래 모습으로 돌아올 게다. 공작 부인이 널 자주 찾지 않는 게 잘 된 일인지도 몰라. 네가 도와 줄 일이 많이 생겼거든. 기마상 만드는 것말고도 일 모로가 산타 마리아 델레 그라치에 수도원의 식당 벽에 그림을 그려 달라고 했단다. 수도사들이 식사하는 곳이니까 예수 그리스도의 최후의 만찬을 주제로 삼는 게 좋겠다고 말해 두었지.”

14

　베아트리체가 베네치아에서 돌아온 뒤, 살라이는 베아트
리체의 일거수 일투족을 지켜보았다. 베아트리체는 드레스
와 보석을 더 많이 모아들였다. 유리 제품과 은그릇과 악기
도 계속 늘어났고, 드레스는 날로 화려해졌다. 자신감도 커
졌고, 말소리와 웃음소리도 점점 커져 갔다. 모든 것이 커지
더니 이제 베아트리체는 살라이가 필요 없을 만큼 커 버렸다.
　살라이는 베아트리체가 그립고, 자신과 베아트리체를 이
어 주던 것이 그리웠다. 각자 자기 인생에 굳게 발을 딛게 되
면서 둘을 이어 주던 끈이 가늘어지는 것은 어쩔 수 없었다.
베아트리체는 살라이가 자기를 필요로 하지 않을 만큼 자라
기 전에, 자신이 먼저 살라이가 필요하지 않을 만큼 성장해
버렸다. 살라이도 언젠가는 그렇게 되겠지만 말이다. 두 사
람은 어린 시절에서 뽑아 낸 실로 맺어져 있었다. 그 실은 둘
의 위치가 멀어지면서, 나이에 걸맞는 역할 속으로 깊숙이

끌려들어가면서 점점 길게 늘어났다. 베아트리체는 살라이
보다 나이가 많았고, 또 베아트리체였기 때문에 더 멀리 더
빨리 나아갔다. 살라이는 나이가 더 어렸기에, 그리고 무엇
보다도 살라이였기에 더욱 뒤처졌다. 살라이는 결코 미래에
더 빨리 다가서고 싶어서 안달하지 않았다.

　살라이도 자라긴 자랐다. 유치한 좀도둑질 따위는 진작에
그만두었다. 은촉 펜이나 돈이나 터키제 가죽도 더 이상 훔
치지 않았다. 하지만 도둑질을 아예 그만둔 것은 아니었다.
이제 살라이가 훔치는 것은 독창적인 생각이었다. 스승 레오
나르도의 아이디어, 눈부시게 빛나는 스승의 정신에서 섬광
처럼 사방으로 터져 나오는 독창적인 생각들이었다.

　레오나르도는 좋은 생각이 떠오르면 꼭 종이에 적어 두었
다. 두 손을 그리는 법, 옷주름을 표현하는 법, 사람들을 배
치하는 법. 레오나르도는 바로 그런 아이디어들을 스케치했
고, 살라이는 바로 이런 사업을 벌였다. 작업장에서 그 스케
치를 빌려다가 교회 화가나 다른 작업장의 예술가들에게 파
는 것이었다. 밀라노에는 스케치나 채색, 그러니까 밑그림에
색을 채워 넣는 데 능숙한 사람들이 넘쳤다. 하지만 그들은
새로운 것을 발견하거나 낡은 것을 새롭게 바라볼 줄 아는
레오나르도의 눈 같은 것은 없었다. 밀라노 곳곳에 레오나르
도 다 빈치풍의 작품들이 숱하게 나타났지만, 하나같이 거장
의 특징은 있되 품격은 갖추지 못한 어설픈 모방작이었다.

살라이는 이 새로운 사업이 도둑질이라고는 꿈에도 생각하지 않았다. 그것은 임대업이었다. 살라이는 거기서 번 돈을 도로테아와 병석에 누워 있는 아버지에게 나누어 주었다. 그리고 빌려 간 스케치는 꼬박꼬박 제자리에 갖다 놓았다. 살라이는 아직도 남의 아이디어가 그 사람만의 것이라거나 재산이라고는 생각하지 못했다.

베아트리체가 베네치아에 다녀온 뒤 11월에, 일 모로의 조카딸이 신성 로마 제국의 막시밀리안 황제와 결혼했다. 일 모로는 자신의 세속적인 소유물을 죄다 과시하여 세속적인 친구들 모두에게 깊은 감명을 주고 싶어했다. 그래서 레오나르도에게 기마상의 모형을 만들라고 했다. 마침내 레오나르도는 10년 간의 연구를 바탕으로 말의 점토 모형을 만들었다.

높이가 무려 8미터에 이르는 그 점토상은 그 때까지 만들어진 어떤 말 점토상보다 컸다. 그것을 세우는 데는 점토 수 톤과 강철 받침대가 필요했다.

입이 쩍 벌어질 만큼 큰 것을 좋아하는 살라이는 그 말이 마음에 쏙 들었다. 그래서 일 모로가 밀라노에 오는 손님들을 감동시킬 방법을 잘 골랐다고 생각했다.

살라이가 말했다.

"와! 선생님, 저렇게 크고 멋진 말은 처음 봤어요. 누구라도 저렇게 크고 멋진 말은 처음 봤을 거예요. 저걸 청동으로 주조하려면 밀라노 군대 전체의 대포를 만들 만한 청동이 들겠는걸요.”

사람들을 경악시키기 좋아하는 레오나르도 또한 그 말 점토상이 마음에 들었다.

“청동이 많이 드는 게 걱정스럽긴 해. 공작이 크리스마스 전까지 청동을 마련해 주겠다고 약속하긴 했지만, 기마상을 주조할 준비도 하고 주조하지 않을 준비도 해야 돼. 공작이 선택을 해야 될 상황이 올 수도 있으니까. 공작이 청동 기마상으로 선친의 업적을 기리는 것과 청동 대포로 자신의 명예를 위해 싸우는 것 가운데 하나를 선택해야 한다면, 어느 쪽을 선택할지는 분명하거든.”

레오나르도는 자신의 창조물을 바라보았다. 주둥이에서 발굽까지, 그리고 뒷다리의 무릎 관절과 발굽 위의 뒤쪽 관절을. 그러고는 웃으면서 말의 아랫배를 쓰다듬었다.

말 점토상이 성 안뜰로 옮겨지기 전에 베아트리체가 보러 왔다. 살라이는 기뻤다. 한동안 베아트리체와 만나지 못했던 것이다. 이제는 몇 주 동안 얼굴 한 번 못 보는 때도 많았지만, 만나면 늘 반가웠다. 어떤 때는 만난 지 1, 2분이 지나서야 자신들의 예전 모습이, 함께 나누었던 장난기가 반짝 하고 나타나기도 했다.

베아트리체는 아주 오랫동안 말 점토상을 꼼꼼히 살펴보았다. 살라이는 기대에 차서 열심히 베아트리체의 눈길을 좇았다. 베아트리체는 아무 말도 하지 않았다. 그저 찬찬히 바라보면서 천천히 그 기념물 주위를 걸어다녔다. 살라이는 더 이상 참을 수가 없었다. 살라이가 불쑥 소리쳤다.

"나 참! 이렇게 굉장한 말은 처음 보지 않아요?"

베아트리체가 대답했다.

"그래, 크기 하나는 굉장하구나. 밀라노가 아니라 그 어디에도 저렇게 큰 말 모형은 없을 거야."

살라이는 자랑스럽게 대꾸했다.

"아무렴요."

"이건 제 몫을 해낼 거야. 프랑스 인들은 섬세함에 감동받고 독일인들은 크기에 감동받으니까. 막시밀리안 황제는 좋아할 거야."

"대체 왜 그래요? 마님은 마음에 안 드세요?"

"응, 별로."

베아트리체는 이렇게 대답했다. 그러고는 살라이를 흘끗 쳐다보았다.

"나도 안타까워. 좋아할 수 있기를 정말정말 바랐는데."

살라이는 아무 말도 하지 않았다. 베아트리체는 대체 어떻게 된 걸까? 머릿속이 드레스와 보석으로 꽉 차 버린 게 아닐까? 겉치레에 떠밀려서 평범한 것과 훌륭한 것을, 훌륭한 것과 위대한 것을 구분할 줄 알던 그 훌륭한 잣대가 사라진 것일까?

베아트리체가 계속해서 말했다.

"저 말은 선생의 최고 작품이 아니야. 저것은 예술 작품이라기보다는 땀의 결실이야. 레오나르도 선생은 노력을 덜 할 때 더 감동적인 작품이 나와. 저 말을 보면 거기에 쏟은 노력이 더 크게 다가와. 예술 작품은 관객들한테 자기를 봐 달라고 소리쳐서는 안 돼. 은근히 매혹시켜야지."

"3년 전이라면 마님은 절대로 그렇게 말하지 않았을 거예요."

"맞아. 3년 전이라면 이러지 않았겠지만 생각은 하고 있었을 거야. 3년 전이라면 하지 않았겠지만 지금은 너한테 꼭 해야 될 이야기가 있어. 내 말 잘 들어."

베아트리체는 정색을 하고 말했다.

"잘 들어, 살라이. 앞으로는 이런 이야기할 짬도 없을 거야. 그래서 지금 말해 두고 싶어."

베아트리체는 말을 멈추고 어린 친구를 뚫어지게 바라보았다.

"너의 스승 레오나르도는 너한테서 뭔가를 얻어야 돼. 그는 너의 무례함과 무책임이 필요하단다."

살라이는 억울한 듯이 말했다.

"난 참 많이 나아진 줄 알았는데……."

"그래, 그래. 말다툼 따위로 시간을 낭비하지는 말자. 나는 네가 완전히 달라져서는 안 된다고 말하는 거야. 네가 완

전히 길들여져 버리면, 레오나르도는 네가 필요 없어진단
다."
살라이는 씨익 웃었다.
"계속 말씀해 보세요."
베아트리체는 살라이의 반응에 한시름 놓여서 웃어 주
었다.
"왜 레오나르도가 네 좀도둑질을 참았고, 지금도 자기 아
이디어를 팔아먹는 것을 내버려 두는지 나는 훤히 알고 있
어."
그 말을 듣는 순간 살라이는 숨이 멎는 줄 알았다. 그러자
베아트리체가 고개를 저었다.
"난 다 알아, 살라이. 그리고 레오나르도도 그 거대한 정
신 어느 한켠에서는 네가 무슨 짓을 하고 다니는지 똑똑히
알고 있을 거야."
베아트리체는 말 점토상을 잠깐 올려다보고는 한참 동안
살라이를 바라보았다. 베아트리체는 마침내 다시 입을 열
었다.
"레오나르도한테는 격렬함이 필요해. 모든 위대한 예술에
는 그것이 필요하지. 섬광처럼 번쩍이면서 훌쩍 도약하는
것. 그 격렬한 요소를 작품에 불어넣는 예술가들도 있지만,
레오나르도는 그렇지 못해. 그 사람은 너무 자의식이 강하거
든. 만일 어떤 중요한 고객이 중요한 주제에 대해 중요한 임

무를 맡기면, 레오나르도는 자신의 직관을 모두 꽁꽁 묶어
버린다고. 자신을 자유롭게 놓아 주지 않고 완벽해지려고 애
쓰는 거야. 수도원 식당 벽화는 그 윤곽만 봐도 위대한 작품
이 탄생할 기미가 보여. 그 작품을 볼 사람이야 가난한 수도
사들같이 하찮은 사람들이니, 레오나르도는 정신적인 여유
를 갖고서 신선하고 격렬한 요소들을 받아들인 거지. 살라
이, 나는 레오나르도 선생이 작품 속에 격렬한 것, 무책임한
것들을 불어넣을 수 있도록 네가 도와 주었으면 좋겠어.”

　살라이는 말이 없었다. 살라이는 베아트리체의 말을 마음
에 새기고 나서 물었다.

　“선생님한테는 뭐라고 말하죠? 마님에게 직접 묻지는 않
겠지만, 선생님도 궁금해하는 눈치던데.”

　“레오나르도한테는 밀라노 공작 부인이 수 톤의 흙으로
엄청난 형상을 만든 것을 축하하더라고 전해 줘.”

　“산들도 엄청난 양의 흙으로 만들어진 형상이에요.”

　“음, 그래도 괜찮아. 산의 형상을 만든 것은 하느님이야.
레오나르도는 하느님과 같은 부류로 여겨지는 걸 싫어하진
않을 거야. 그 사람이 우울해질 때는 자신이 산에도 못 미치
는 사람이라고 느낄 때뿐이니까.”

　살라이는 한참 동안 말 점토상을 자세히 뜯어보았다. 그러
고 나서 베아트리체를 빤히 바라보았다.

　“그래서 마님은 선생님한테 초상화를 부탁하지 않는 거예

요? 마님이 너무 중요한 고객이자 너무 중요한 대상이고, 또 너무 중요한 관객이라서 걱정되는 거예요? 선생님이 너무 무거운 부담을 느낄까 봐요?"

"그건 한 가지 이유에 지나지 않아."

"그럼 마님은 선생님한테 부탁할 거 없어요?"

"이미 다 해 주었는걸. 레오나르도는 내 남편에게 내가 사랑받을 만한 여자라는 걸 일깨워 주었잖아."

베아트리체는 잠시 말을 멈추었다.

"난 레오나르도가 고마워. 소박한 꽃 같은 내 얼굴 밑에 흥미로운 소용돌이꼴의 잎들이 있다는 걸 남편한테 가르쳐 주었으니까. 내가 말 점토상을 어떻게 생각하는지는 너 혼자만 알고 있어라, 살라이. 레오나르도 다 빈치라는 그 거대한 재능과 지성의 산은 아주 얇은 껍질을 가졌거든. 아주 얇지. 살짝만 찔러도 바람이 빠져 버릴 정도로."

베아트리체는 살라이에게 손을 흔들며 눈을 찡긋해 보이고는 그 자리를 떠났다.

살라이는 말 점토상 곁에 홀로 남아 생각에 잠겼다. 그러니까 베아트리체는 저 말이 크기만 대단하다고 생각하는구나. 말 점토상에는 예술 작품을 단순히 뛰어난 수준에서 위대한 수준으로 끌어올리는 한 가지 요소가 부족했다. 격렬한 요소. 불꽃처럼 반짝이며 단숨에 비상하는 요소. 번개처럼? 레오나르도는 축제를 번개라고 했다. 축제는 처음부터 끝까지 격렬하기만 하고 이 말 점토상은 잘 다듬어지기만 했으니, 둘 다 위대하지 않다. 위대한 작품이란 모름지기 중요한 것이 잘 포착되어 있으면서도 그 속에 격렬한 느낌이 약동하고 있어야 한다. 베아트리체의 말은 귀담아들을 만했다. 베아트리체는 보이지 않는 머릿속 잣대를 잃어버린 게 아니었다.

베아트리체는 살라이에게 레오나르도로 하여금 작품 속에 격렬한 요소를 불어넣게 하라는 책임을 맡겼다. 그리고 살라이가 거리의 악동으로서 오래 전에 본능적으로 깨닫고 있던 것을 말해 주었다. 레오나르도 다 빈치가 재능 없고 무례하고 무책임한 살라이를 필요로 한다는 것, 살라이가 레오나르도 다 빈치를 완전하게 만들어 주고 있다는 것. 베아트리체는 그 사실을 말로 표현한 것이다.

살라이는 베아트리체가 그런 말을 하지 않았으면 했다. 살라이는 그런 말을 듣고 싶지 않았다. 레오나르도를 책임지고 싶지 않았다. 아버지와 도로테아를 책임지는 것만으로도 충분했다. 충분하고말고. 물론 가족을 먹여 살리는 것은 훨씬 더 가벼운 짐이었다. 살라이가 가족에게 무엇을 해 주더라도 그건 삶의 겉모습만 바꾸어 주는 것이니까. 돈을 대 주는 것은 가족의 내면에 아무런 보탬이 되지 않았다.

레오나르도와 함께 지낸 세월 동안 살라이는 자신의 역할을 알고 있었지만, 딱부러지게 이거다라고 말하는 것은 늘 피해 왔다. 그런데 지금 베아트리체가 그걸 말로 표현해 버

렸다. 베아트리체는 살라이에게 (그 끔찍한 말, 생각하는 건
더 끔찍한 말인) 레오나르도를 '책임'지라고 했다. 설상가상
으로 베아트리체가 살라이에게 맡긴 책임이라는 것은 격렬
해야 한다는 것, 사실상 무책임해야 한다는 것이었다.

15

말 점토상이 완성되고 레오나르도가 수도원 식당의 벽화를 그리던 몇 달 동안, 살라이는 베아트리체를 보기가 더욱 어려워졌다. 이제는 공작 부인으로서의 소식만 들을 수 있었다. 둘이 따로 만나는 일은 거의 없었다. 베아트리체는 아내와 어머니와 외교관 노릇을 하느라 눈코뜰새없이 바빴다.

프랑스 왕이 밀라노에 왔을 때 베아트리체가 그 앞에서 춤을 추어 일 모로가 흐뭇해했다는 소식이 들렸다. 그리고 베아트리체가 둘째 아들을 낳았고, 아기 이름은 세례식에서 받은 열다섯 개의 이름 가운데 프란체스코로 정했다는 소식도 들렸다. 일 모로는 흐뭇해했다. 베아트리체는 계속 남편에게 즐거움을 선사했다. 베아트리체는 일 모로에게 세상이란 극장과도 같다는 것을 보여 주었고, 일 모로는 베아트리체의 공연을 계속 즐겼다.

이따금 베아트리체가 산타 마리아 델레 그라치에 수도원

예배당을 나서거나 들어갈 때, 그리고 살라이가 수도원의 식당을 나서거나 들어갈 때 서로 몇 마디 말을 주고받곤 했다.

베아트리체는 이렇게 묻곤 했다.

"예수 그리스도는 지금 뭘 드시고 계시니?"

그러면 살라이는 이렇게 대꾸하곤 했다.

"유다가 방금 소금을 엎질렀어요."

어떤 때는 이렇게도 말했다.

"성 베드로가 방금 옆사람한테 귓속말을 했어요."

살라이는 이런 짧은 만남이 즐거웠다.

레오나르도는 어떤 날은 동틀녘부터 해질녘까지 '최후의 만찬' 앞에 서 있곤 했다. 그런 날이면 빵 한 조각, 물 한 모금 마시지 않고 잠시도 붓을 놓지 않은 채 미친 듯이 그림만 그렸다. 그리고 난 다음에는 사나흘이 지나도록 그림에 손가락 하나 대지 않았다. 그 대신 레오나르도는 자리에 앉아서 한두 시간 동안 계속 그림만 바라보았다. 또 어떤 날은 살라이를 데리고 성 안뜰에 가서 점토상을 청동으로 주조할 준비를 했는데, 그러다가도 갑자기 수도원 식당으로 달려가서 벽에 한두 번 붓질을 하고는 다시 서둘러 돌아와서 기마상 작업을 계속하기도 했다.

레오나르도는 기질상 프레스코화와 맞지 않았다. 프레스코화를 그리는 과정은 이러했다. 일단 벽 전체에 거친 회 반죽을 바른다. 그 다음에는 화가가 하루에 그릴 분량에 맞게 조수가 고운 회 반죽을 바른다. 화가는 그 축축한 회 반죽 위에 그림을 그린다. 그러면 물감이 회벽에 스며들고, 회 반죽이 말라서 굳으면 그 물감, 다시 말해서 그림은 회벽의 일부가 된다. 그러니 한번 그림을 그리면 색깔과 형태는 긁어 낼 수도 없고 고칠 수도 없다.

레오나르도는 일을 빨리빨리 진행하는 것을 싫어했다. 시간은 그의 적이었고, 레오나르도는 시간에 휘둘리는 것을 싫어했다. 그래서 수도원의 벽에다 벽화를 그리기 전에 벽에서 소금기와 습기가 배어 나오지 않도록 직접 발명한 건조제와 니스의 혼합액을 벽에 발라 두었다.

레오나르도의 공책은 여러 가지 얼굴과 포즈들로 가득 채워졌다. 레오나르도는 예수가 열두 제자에게, "너희 중에 한 명이 나를 배반할 것이다."라고 말하는 순간을 그리기로 마음먹었다. 그리고 열두 제자의 표정과 포즈를 통해 그 사람의 성격을 드러내고자 했다. 레오나르도는 성 베드로나 성 요한, 토마, 야고보의 모델이 되는 얼굴을 찾으려고 밀라노 거리를 돌아다녔다.

수도원장이 일 모로에게 레오나르도가 작업을 너무 오래 끌어서 수도사들이 식당을 못 쓰고 있다고 불평했고, 일 모로는 그 말을 레오나르도에게 전했다.

레오나르도는 이렇게 대꾸했다.

"아직 유다의 모델이 될 만한 얼굴을 찾지 못했는데, 이

제 보니 수도원장의 얼굴이면 딱 어울릴 것 같다고 전해 주
십시오."

일 모로는 레오나르도의 대답이 재미있어서 성 안에 있는
모든 사람들에게 몇 번이고 되풀이해서 들려 주었다.

'최후의 만찬'과 기마상이라는 두 개의 중대한 작업조차
도 레오나르도의 정신을 완전히 차지하지 못했다. 그 정신의
일부는 끊임없이 다른 것을 연구했다.

하루는 레오나르도가 살라이에게 말했다.

"플랑드르* 사람들은 장화에다 동물 뼈를 달아서 얼음 위
로도 잘 지나다닌다는구나. 베네데토 포르티나리 씨한테 가
서 내가 말씀 좀 나누고 싶다고 전해라. 방금 전에 플랑드르
에서 돌아왔으니 어떤 동물의 뼈인지 알겠지."

살라이는 포르티나리 밑에서 일하는 화가한테 레오나르
도의 스케치를 팔아먹은 적이 있던 터라 반대하고 나섰다.

"아니 선생님, 뭣 하러 시간 아깝게 따분한 장사꾼을 만나
세요?"

"포르티나리 씨는 장사꾼 가운데서 가장 따분하지 않은
사람이야. 어서 그를 데려오너라."

"내가 포르티나리 씨를 만나 선생님이 궁금해하는 것을

---

*플랑드르 : 지금의 벨기에와 네덜란드 남부, 프랑스 북부에 걸쳐 있던
옛 나라.

알아 올게요."

"나는 그 사람과 얘기하고 싶다. 어서 가거라. 가서 약속을 잡아 오너라."

살라이는 일부러 포르티나리가 너무 바빠서 레오나르도의 전갈에 응답할 수 없을 때 찾아가기로 했다. 그래서 오전 내내 그 상인의 집을 감시했다. 네 사람이 그 집에 들어가는 걸 보고 나서 15분을 더 기다렸다가 문 앞에 가서 포르티나리 씨를 만나러 왔다고 말했다.

하인이 말했다.

"포르티나리 씨는 지금 손님을 만나고 있는데요. 누가 찾으신다고 할까요?"

살라이는 항상 스승의 이름을 말했을 때 저와 같은 처지인 하인들의 태도가 싹 바뀌는 것을 보고 즐거워했다. 주인의 신분이 낮으면 하인 또한 비천하게 여겨지는 법이니까. 지금도 문가에 선 이 녀석보다 자기를 높이려면, 레오나르도라는 이름만 살짝 떨어뜨리면 되었다.

"제 스승 레오나르도 다 빈치 님이 보내서 왔습니다."

"아이구, 네, 레오나르도 선생님요. 아, 네, 아무렴요. 알고말고요. 포르티나리 씨께 당장 전하겠습니다."

하인은 집 안으로 사라졌다가 눈 깜짝할 사이에 포르티나리와 함께 돌아왔다.

그 상인은 두 손을 싹싹 비비며 말했다.

“아, 그래, 그래. 가서 선생님께 금방 가겠다고 말씀드려라. 어서 뛰어가거라.”

상인은 돌아서서 초조한 듯이 자기가 나왔던 방 쪽을 힐끗 바라보았다.

“사소한 일 하나만 처리하면 된단다. 다른 사람들은 그냥 보내면 돼. 아주 잠깐이면 된단다. 얘야, 어서 뛰어가거라.”

그는 집 안으로 들어가려다 말고 다시 돌아서더니 살라이에게 웃음을 지어 보였다. 그리고 지갑에서 동전 한 닢을 꺼내 건네 주었다.

“옛다, 너 가져라. 심부름 오느라 수고했다.”

살라이는 작업장으로 돌아오는 길에 동전을 튕기면서 생각했다. 이제 레오나르도의 아이디어를 파는 사업도 곧 끝날 것이다. 금방, 오늘 아침으로 당장. 안 봐도 훤했다. 베네데토 포르티나리는 레오나르도 다 빈치 선생에게 자기가 오랫동안 선생을 숭배해 왔으며, 자신이 아는 화가가 레오나르도의 스케치를 얻어다가 레오나르도풍의 멋진 작품을 그려 주었다고 자랑 삼아 이야기할 것이다. 결코 걸작은 아니지만 제법 훌륭하다면서. 단순히 의심이 아닌 확실한 증거를 잡은 이상 레오나르도도 살라이의 사업을 중단시킬 수밖에 없으리라. 그 모든 장면을 상상하면서 살라이는 혼자 킬킬대고 웃었다. 살라이의 마음은 언제나 우울함이 머물 겨를도 없이 즐거움이 차지했다. 살라이는 그 돈 많은 상인 포르티나리가 이 대가와 만나고 싶어서 얼마나 안달복달했는지 생각하니 싱긋 웃음이 나왔다. 포르티나리가 그렇게 간절히 원한다면 다른 사람들도 그럴 것이다. 살라이, 그는 새로운 사업을 시작할 수 있다. 주교들이 신도들에게 교황과 접견할 기회를 마련해 주듯이, 살라이는 사람들에게 레오나르도와 만날 기회를 마련해 줄 수 있었다. 신앙심 깊은 사람들이 아니라 뽐내기를 좋아하는 자들을 상대로. 그 사람들이 친구나 친척은 물론 처음 보는 사람들 앞에서 위대한 지성인 레오나르도가 자신에게 무엇을 보여 주었는지 자랑할 수 있게 해 주리라.

그렇다, 그 일을 하면 된다.

아무렴, 꼭 그 일을 할 거야.

돈을 받고.

포르티나리가 작업장에서 떠나고 나자 레오나르도가 살라이를 불러들였다.

"문을 닫아라. 너랑 할 이야기가 있다. 일 문제란다."

살라이는 문을 닫고 스승 앞으로 갔다. 살라이는 스승의 스케치를 두 번 다시 남들에게 빌려 주지 않겠다고 약속할 준비가 되어 있었다. 약속할 준비만 된 것이 아니라 약속을 지킬 준비도 되어 있었다. 그런 건 아무래도 좋았다. 살라이는 벌써 머릿속에 새 사업, 그러니까 관중 유치 사업의 고객 명단까지 쭉 뽑아 놓았다.

16

수많은 날들이 세월이라는 얇은 막에 둘러싸였다. 흐르는 시간이 레오나르도한테는 적이었지만, 살라이한테는 사건들이 담긴 그릇이었다. 때로는 선명한 빛깔을 띤 사건들, 때로는 흐릿한 빛깔을 띤 사건들, 드물게는 어두운 빛깔을 띠는 사건들도 있었다. 살라이의 아버지가 세상을 떠났다. 그래서 살라이는 도로테아를 그 어느 때보다도 많이 도와 주어야 했지만, 돈만 대 주는 책임이란 별로 부담스럽지 않았다.

그 시대는 참으로 이상했다. 그 시대는 예술과 전쟁, 창조와 파괴를 모두 숭배했다. 그리고 거장 레오나르도 다 빈치는 두 가지 모두를 구현했다. 살라이의 스승 레오나르도가 아니면 이 세상 그 누가 잔인무도한 전쟁 무기를 고안하고, 같은 공책에, 때로는 같은 종이 위에 다정한 모자상을 그릴 수 있겠는가?

살라이는 아마 그 누구보다도 레오나르도를 잘 이해했을

것이다. 하지만 살라이가 이해하려고 해서 그런 것은 결코 아니었다. 그냥 곁에서 지켜보고 받아들인 것뿐이었다. 살라이는 사람과 상황을 쉽게 받아들였고, 이렇다 할 자존심이 없었기 때문에 어떤 상황에도 스스럼없이 녹아 들어가 관찰할 수 있었다. 살라이는 엄숙할 수도 있고 명랑할 수도 있었다. 정직할 수도 있고 정직하지 않을 수도 있었다. 막되게 굴 수도 있고 점잖게 굴 수도 있었다. 살라이는 남에게 보여 주고 싶은 자아상이란 게 딱히 없었다.

하지만 레오나르도는 있었다. 레오나르도는 남들과 동떨어져 저 높은 곳에 머물고자 했다. 사람이나 감정이 아주 가까이 다가오면 불편해했다. 인간적인 상황에 처하면 자신이 전혀 완벽하지 않다는 것이 증명될 수도 있기 때문이다.

레오나르도는 사람들 앞에서 추켜세워지는 것이 필요했고, 그런 점과 예술을 숭상하던 시대 분위기가 잘 맞아떨어진 덕분에 살라이의 사업은 날로 번창했다. 살라이는 시대의 분위기와 레오나르도의 기질을 결합시킨 사업으로 돈 버는 것이 자기가 꼭 해야 될 일이라고 여겼다. 스승에 대한 의무, 베아트리체에 대한 의무, 그리고 자기 자신에 대한 의무. 살라이의 곱슬머리와 활기찬 기질은 여전히 햇살처럼 빛났다.

프랑스는 점점 노골적으로 침략 의사를 드러냈다. 그리하여 마침내 기마상을 주조하기로 했던 청동으로 대포를 만들게 되었다. 일 모로는 그 청동을 동맹자인 베아트리체의 아버지에게 보냈다.

전쟁이 언제 일어날지 모르는 상황에서도 베아트리체는 보석과 황금과 은접시를 쉴새없이 모아들였다. 그 양이 엄청나게 늘어나서 참나무 벽장에 쌓아 두게 되자, 레오나르도는 그 벽장에 채울 특별 자물쇠를 고안해야 했다. 예전의 수집품은 우아하고 세련되었지만, 이제는 양만 어마어마했다. 그리고 베아트리체의 옷차림도 장식만 요란하고 화려해졌다.

살라이는 친구가 왜 그러는지 이해할 수 없었다. 이제는 베아트리체의 얼굴 보기도 힘들어졌다. 그러니 곁에서 지켜보며 본능적으로 상황을 이해할 기회도 없었다. 왜 베아트리체는 창고라도 된 것처럼 물건들을 쌓아 두는 것일까? 이제는 엄격하게 고르는 것에 지쳐 버렸나? 왜 보석과 리본으로 못생긴 겉모습을 덮어 버릴까? 자기가 못생겼다는 사실을 남들이 깨닫지 못하게 하는 데 너무 지쳐 버렸나?

1496년 여름이 끝나갈 무렵, 베아트리체는 산타 마리아 델레 그라치에 예배당을 자주 찾아왔다. 예전에는 축제일에만 찾아왔지만 이제는 날마다 찾아왔다.

레오나르도는 식당 벽화 작업에 열심이었다. 어떤 구도로 그릴 것인가는 모두 정했고, 이제는 머릿속의 형상을 형태로 만들어 내는 작업, 그러니까 정신만큼이나 손이 필요한 작업만 남았다.

가을로 접어든 어느 날, 살라이는 베아트리체의 마차가 예
배당으로 오는 것을 보고 밖에 나와서 기다렸다. 베아트리체
가 마차에서 내리자 살라이는 오랜 친구로서 레오나르도의
벽화를 보여 주고 싶다고 했다. 그 날은 마침 레오나르도가
벽화 작업을 쉬었기 때문에 단 둘이서만 있을 수 있었다. 살
라이는 베아트리체의 진솔한 생각이 무척 듣고 싶었다. 두
사람은 말 점토상 앞에서 이야기를 한 뒤로 일상적인 대화밖
에 나누지 못했다. 살라이는 베아트리체가 '최후의 만찬'을
위대한 예술 작품으로 생각하는지 어쩐지 궁금했다.

베아트리체는 벽화 앞에 오래도록 서 있었다. 베아트리체
는 왼쪽에서 오른쪽으로, 성 바돌로매 앞에서 성 시몬 앞까
지 걸어갔다가, 다시 성 시몬에서 성 요한과 안드레를 지나
성 바돌로매 앞으로 돌아왔다. 베아트리체는 깊은 생각에 잠
겨 있었다. 그녀의 생각이 방 안을 가득 채웠다. 사락사락 옷
자락 스치는 소리와 목걸이가 짤랑거리는 소리조차 그 생각
에 눌려 숨을 죽이는 듯했다.

마침내 베아트리체가 입을 열었다.

"이것을 한번 본 사람은 레오나르도가 보여 준 환영에서
영원히 벗어나지 못할 거야. 지금 이 시간부터 '최후의 만
찬'을 그리는 화가들은 모두 모방자일 뿐이야."

그러고는 벽화를 더 자세히 들여다보았다.

"누구든지 이 그림을 한번 보고 나면 달라질 수밖에 없을

거야.”

살라이는 그림을 꼼꼼히 뜯어보는 베아트리체를 찬찬히 바라보다가 말했다.

“마님은 달라졌어요.”

베아트리체는 짐짓 화난 듯이 두 손을 머리 위로 번쩍 치켜들었다.

“저런! 이제야 알았니? 난 진작부터 달라져 있었는데.”

“‘달라졌다’고 한 건 그런 게 아니에요.”

“그럼 내 몸매를 말하는 거구나. 난 달라졌어. 곧 엄마가 되거든.”

“내가 ‘달라졌다’고 한 건 그런 게 아니라니까요!”

“나이를 더 먹었지. 나이를 먹으면 사람은 달라지는 법이야.”

“내가 달라졌다고 한 건요, 마님이 예전에는 행복했는데 지금은 행복하지 않다는 뜻이에요.”

가벼운 농담을 나누면서도 그림에서 눈을 떼지 않고 있던 베아트리체가 눈길을 돌려 어린 친구를 바라보았다.

“어떻게 그런 말을 할 수 있지?”

“마님은 너무 요란스럽게 쾌활해요. 그 드레스도 너무 요란스럽게 번쩍거리고요. 둘 다 뭔가 감추고 있어요.”

베아트리체는 살라이를 빤히 쳐다보았다. 살라이는 어느 덧 베아트리체보다 키가 더 커졌기 때문에 베아트리체는 고개를 쳐들고 살라이의 눈을 뚫어지게 바라보았다. 살라이는 대담하게 그 눈을 마주 보았다.

마침내 베아트리체가 입을 열었다.

"넌 생각할 줄 몰랐을 때가 더 재미있었어, 살라이."

그러고는 옷자락을 아주 살짝 들어올리고서 식당을 나갔다.

일 모로도 레오나르도의 벽화를 보고 감동했다. 레오나르도는 공작을 만나서 포도밭과 새 일거리를 가지고 돌아왔다. 그 포도밭은 밀라노 성 바깥에 있는 기름진 땅으로 일 모로가 감사의 표시로 준 것이었다. 그리고 새 일거리는 초상화였다. 일 모로는 레오나르도에게 베아트리체의 시녀인 루크레치아 크리벨리라는 여자를 그리라고 했다.

살라이가 물었다.

"언제 시작할 거예요?"

"내일."

살라이는 레오나르도를 따라 루크레치아의 집에 갔다. 루도비코 공작은 웃음 띤 얼굴로 그 곳에서 기다리고 있었다. 살라이는 공작이 그 젊은 아가씨를 바라보는 눈빛을 보는 순간, 베아트리체가 왜 그런 눈빛을 하고 있었는지 깨달았다. 왜 베아트리체의 드레스가 요란해졌는지도. 공작 부인은 가슴이 무너지는 소리를 감추려고 애처롭게 노력하고 있었던 것이다.

루도비코는 초상화를 빨리 그리라고 은근히 압력을 넣었

다. 공작은 루크레치아의 반지르르한 검은 머리를 사랑스럽게 쓰다듬으며 말했다.

"초상화가 완성되기도 전에 이 머리가 희끗해지는 걸 보고 싶지는 않네."

레오나르도는 살라이한테 배경을 그리라고 했다. 그리고 자신은 루크레치아의 얼굴과 리본을 그렸다. 다른 제자들한테는 루크레치아의 머리와 드레스와 보석을 마무리하라고 했다. 초상화는 금방 완성되었다.

어느 날 밤, 베아트리체가 작업장에 찾아와서 살라이의 방 창문을 똑똑 두드렸다.

베아트리체가 말했다.

"그걸 보고 싶어."

그게 뭐냐고 물을 필요도 없었다. 살라이는 베아트리체를 초상화 앞으로 데려갔다. 베아트리체는 뒤로 물러나 등잔을 들어올리고 초상화를 바라보았다. 그리고 앞으로 다가가서 넋이 나간 듯 멍하니 초상화의 리본을 손가락으로 더듬었다.

"새보다 깃털이 더 화려하구나. 게다가 이 깃털은 남의 것을 빌린 것 같아. 마치 닭이 타조 깃털을 빌려다 쓴 것처럼 말야. 이 여자는 이 리본의 색깔이 바래기도 전에 시들어 버릴 거야. 난 기다릴 수 있어."

그러고 나서 살라이를 돌아보고 말했다.

“살라이, 너도 알다시피 난 두 번째로 선택되었던 경험에서 배운 게 많잖니.”

“선생님은 여자들의 요란한 드레스를 무척 싫어해요. 그 여자의 화려한 옷을 그리고 싶은 마음은 눈곱만치도 없었죠. 그래서 드레스와 보석 같은 장식은 아예 두 제자한테 맡기셨어요.”

살라이는 그 여인의 이마 위에 드리워진 끈을 가리켰다.

“저건 내가 그렸어요. 어때요?”

“훌륭해, 살라이. 루크레치아는 옷을 아주 잘 차려 입고 머리도 그리 나쁘지 않은 암소 같구나.”

“마님도 선생님한테 초상화를 그려 달라고 하지 그러세요? 마님의 초상화라면 그려 볼 만할 텐데. 선생님은 영혼이 드러나는 얼굴을 그리고 싶어한다구요. 마님의 아름다움은 모두 마님 안에 있잖아요.”

베아트리체는 웃어 보였다. 다 알고 있다는 듯한, 그러나 따스하기도 하고 차갑기도 한 미소였다.

“난 레오나르도에게 초상화를 부탁하지 않을 거야. 그 대신 초록빛 정자를 그려 달라고 하겠어. 그럼 한겨울에도 중앙 난방 목욕실이 몸을 따뜻이 데워 주고, 봄처럼 푸른 정자가 영혼을 따스하게 데워 줄 테니까.”

살라이가 물었다.

“루크레치아는 어떻게 할 거예요?”

“나는 무도회에도 나가고 연극도 할 거야. 우리 아이들과
놀이도 할 거고. 나는 아주, 아주 명랑하게 지낼 거야. 두 번
째로 밀려나도 아무렇지 않은 척할 거라구. 살라이, 그게 바
로 내가 가장 잘 하는 거란다.”

17

작업장에 다녀간 뒤부터 베아트리체는 저녁때면 살라이를 자기 방으로 초대했다. 살라이는 예전과 다름없이 베아트리체를 좋아했다. 두 사람은 다시금 나이 차이를 잊고 서로를 이해했다.

이제 베아트리체는 즐겁고 명랑한 척하는 정도가 아니라 아예 그런 가면을 쓰고 사는 것 같았다. 베아트리체는 이따금 웃어야 된다는 사실을 깜박 잊고 있었다는 듯 깔깔대고 웃었다.

루크레치아의 초상화를 본 뒤로 베아트리체는 화려한 옷을 입지 않았다. 그러자 레오나르도는 살라이에게 공작 부인이 아름다워지는 것 같다고 했다. 레오나르도의 표현법은 이랬다.

"공작 부인이 겹겹이 풍부한 표정을 갖기 시작했구나."

셋은 함께 있을 때 버릇처럼 자주 웃음을 터뜨렸다. 베아트리체한테는 밝고 따뜻한 웃음이 필요했기 때문에 그들은 언제나 그렇게 웃으려고 했다.

베아트리체는 그 해 크리스마스도 여느 크리스마스 때처럼 즐겁게 보냈다. 베아트리체는 살라이에게 망토를 지어 입으라고 벨벳 한 필을 주었다. 살라이는 드레스 한 벌은 충분히 지을 수 있겠다 싶어서 도로테아에게 주었다. 살라이는 레오나르도의 스케치를 보고 손수 베낀 것을 베아트리체에게 선물했다. 살라이는 되도록이면 자기와 닮은 것을 베아트리체에게 주고 싶었다. 그 스케치가 바로 그것이었다. 훌륭한 것을 제멋대로 주무른 것. 베아트리체는 고맙다는 말과 함께 웃으면서 스케치를 받았다. 예술적 가치에 대해서는 아무 말도 없었다. 둘 다 그 스케치에는 그런 것이 없으며, 중요한 것은 둘의 마음이란 것을 알고 있었다.

1월 2일 월요일, 베아트리체 공작 부인은 행인들을 향해 웃으면서 손을 흔들며 마차를 타고 교회에 갔다. 작업장에도 잠깐 들러 살라이한테 그 날 저녁 자기 방에서 연극도 공연하고 춤도 출 거라고 말했다.

"공작님도 온다니까, 난 춤을 많이 출 거야. 이 불룩한 배를 안고 춤추는 모습을 보면, 내가 얼마나 재미있는 여자인지 다시 깨닫게 될지도 몰라."

하지만 그 날 저녁 그런 일은 일어나지 않았다.

여덟 시에 베아트리체는 갑자기 쓰러졌다. 일 모로는 허겁

지겹 베아트리체한테 달려가 베아트리체를 침실로 옮겼다. 세 시간 뒤 베아트리체는 죽은 사내아이를 낳았다. 그리고 한 시간 반 뒤, 밀라노 사람들에게 새로운 하루가 시작되는 순간에 밀라노의 공작 부인 베아트리체는 세상을 떠났다. 베아트리체의 나이 스물둘이었다.

살라이는 넋을 잃고 멍하니 성 안뜰에 앉아 있었다. 베아트리체는 이제 막 예전의 모습으로 돌아왔는데. 우리는 이제 막 더욱 새롭고 풍부한 관계를 키우기 시작했는데……. 살라이는 뜰을 거닐면서 애써 마음을 진정시키고 이 소식을 어떻게 레오나르도에게 전할까 고민했다. 동틀 무렵, 살라이는 작업장으로 갔다. 레오나르도는 벌써 일어나서 책상 앞에 앉아 수학책을 들여다보며 연구하고 있었다.

살라이가 소식을 전했다. 레오나르도는 책에서 눈을 들었지만, 소년을 바라보지는 않았다. 살라이가 말을 다 마칠 때까지 잠자코 듣고 있더니, "알았다."고만 말하고 다시 책을 읽었다.

"왜 그래요, 선생님? 알았다고만 하면 안 돼죠. 무슨 말인지 모르겠어요? 우리 공작 부인이 죽었다구요."

"알았다니까."

"그 말밖에 못 해요? '알았다.'라니. 당신한테는 베아트리체가 그것밖에 안 되나요?"

"삶은 반드시 죽음을 낳게 마련이지."

“베아트리체가 죽었다는데, 어떻게 당신은 죽음이란 어쩌고저쩌고 할 수 있죠? 난 지금 사람을 이야기하고 있는데, 어떻게 자연의 섭리를 말할 수가 있냐구요!”

“그러면 내가 머리를 깎고, 선 채로 식사를 해야 되겠느냐?”

“아뇨. 하, 당신 같은 사람은, 당신 같은 초인은 그럴 리가 없죠. 당신이 일보다 사람을 더 좋아하는 일은 절대로 없을 거예요.”

“나도 베아트리체를 좋아했다.”

살라이가 고함을 질렀다.

“베아트리체를 좋아했다고! 당신이! 당신이 좋아하는 건 당신의 생각이지 사람이 아니에요. 당신은 기계예요, 레오나르도 다 빈치. 생각하는 기계라구요. 당신은 얼음덩어리예요. 그림들도 하나같이 얼어붙은 생각들뿐이에요. 자기 잘난 맛에 사는 거만하고 꽉 막힌 사람. 당신은 누구하고도 친구가 될 수 없어요. 당신은 심지어…….”

살라이는 바락바락 악을 쓰다가 숨이 막혀서 컥컥거렸다. 그러자 레오나르도는 의자에서 일어나 소년을 침대로 데려갔다.

18

밀라노의 행운도 베아트리체와 함께 죽었다.

일 모로는 방에서 나오지도 않고 손님도 만나지 않았다. 밥도 굶고 머리도 짧게 깎았다. 사흘 뒤 그는 자신의 양심처럼 검은 옷을 입고 나타났다. 그 뒤에도 일 모로는 계속 검은 옷을 입었고, 선 채로 식사를 했다. 교회와 병원에 기부금도 많이 냈다. 월요일과 목요일이면 도미니크 수도회의 수도사들과 수도원 식당에서 간소하게 저녁 식사를 했다. 거기에서 그는 식당 벽에 레오나르도가 그려 놓은 "너희 중에 한 명이 나를 배반할 것이다."라는 장면을 바라보았다.

이제 프랑스 군이 쳐들어오는 것은 시간 문제였다. 일 모로는 레오나르도를 수석 공학자로 임명하여 도시를 방어할 요새들을 연구하게 했다.

레오나르도는 날마다 동트기 전에 작업장을 나섰고, 살라이는 레오나르도가 나갈 채비를 하는 소리를 듣고도 문 닫는 소리가 날 때까지 침대에 가만히 누워 있었다. 어른도 소년도 그렇게 홀로 지내면서, 함께했던 7년의 세월을 한순간 무너뜨린 격렬한 싸움의 후유증에서 헤어나려 했다.

살라이는 자리에서 일어나도 할 일이 없었다. 아무 일도 안 한다는 것이 갑자기 힘들게 느껴졌다. 전에는 결코 힘들지 않았다. 레오나르도에게 해 줄 일이 없으면 나름대로 작은 돈벌이를 했으니까. 사람들은 거장 레오나르도 다 빈치를 소개받으려고 기꺼이 돈을 내었고, '최후의 만찬'이 완성된 뒤로는 특히 더했다. 피렌체에서 오는 사람들만 상대해도 짭짤한 수입을 올릴 수 있었을 것이다. 피렌체 사람들은 예술에 굶주린 듯이 밀라노를 찾았다. 밀라노의 예술이 자기네보다 더 훌륭하다고 생각하지 않는 사람들도 많았지만, 레오나르도를 만나기 위해서라면 다들 돈을 아끼지 않았다. 피렌체 사람들은 밀라노보다 자기네 천재들이 더 뛰어나다는 확신을 얻기 위해서라도 레오나르도와 만나고 싶어서 안달이었다. 마치 천재에도 등급이 있다는 듯이 말이다. 하지만 천재에는 다양한 부류가 있을 뿐 등급은 없다. '천재'이거나 '천재가 아닐' 뿐이다. 살라이는 요즘 아무도 레오나르도한테 데려갈 수 없었다. 레오나르도는 항상 작업장을 비웠고, 살라이도 예전처럼 흥이 나지 않았다.

살라이는 어느 때보다도 돈이 많이 필요했다. 도로테아가 대장장이 카를로와 결혼을 앞두고 있어서 지참금이 필요했던

것이다. 이제 살라이는 레오나르도를 떠날 때가 온 것 같았
다. 스승의 작품을 베껴서 팔면 충분히 먹고 살 수는 있었
다. 집에 돌아가서 작은 작업실을 하나 내면 된다. 예전에
아버지가 살았던 대로, 도로테아가 지금 사는 대로 다시 단
순하게 살아가면 된다. 독창적인 생각과는 거리가 먼 삶, 질
문도 대답도 없고 그저 맛있는 수프와 빵으로 가득 찬 삶을
살라이는 기꺼이 받아들일 것이다.

살라이는 집으로 갔다. 살라이가 집에 들어서자 도로테아
가 일어났다. 도로테아는 늘 그랬다. 살라이의 아버지도 일
어설 기운이 있을 때까지는 그랬다. 도로테아는 아버지가 살
아 있을 때도 항상 살라이를 첫째로, 최고로 대접했다. 그런
대접 때문에 살라이는 집에 오는 것이 즐거웠다. 하지만 아
주 돌아오기로 마음먹은 지금, 누이의 그런 태도가 거북스러
웠다.

카를로가 저녁을 먹으러 왔다. 살라이는 누이의 약혼자와
인사를 나누었다. 그 젊은이는 머쓱하게 서 있다가 살라이가
앉으라고 하자 그제야 자리에 앉았다. 살라이는 매부가 될
사람한테 흥미를 갖고 싶어서 그가 하는 일에 대해 물어 보
았다.

"말이 네 다리를 제각각 움직이며 걷는 것과 같은 쪽 앞뒷
발을 동시에 내딛으면서 나아가는 것 중 어떤 것이 더 자연
스러울 것 같아요?"

카를로가 대답했다.

"어, 그런 건 생각해 보지 않았는데요."

살라이는 계속해서 말했다.

"레오나르도 선생님은 지금까지 꽤 오랫동안 말을 연구했답니다. 그 결과 말은 네 다리를 제각각 움직이며 걷는 것이 가장 자연스럽다는 결론을 내렸죠."

"어, 그래요? 아까 말했듯이 그런 데까지는 생각해 보지 않았어요. 난 사람들이 말을 데리고 오면 편자를 박아 줄 뿐이니까요. 발굽 위로는 보지도 않아요."

"아, 네."

세 사람은 묵묵히 저녁을 먹었다. 음식은 마음에 들었다. 간단한 양념을 곁들여 뭉근하게 오래 끓인 맛있는 스튜. 레오나르도는 고기를 먹지 않는데. 어쨌든 집은 음식도 냄새도 친숙하고 좋았다. 물론 살라이가 집에 돈을 갖다 준 뒤로 집 안의 냄새도 변했다. 도로테아가 집을 깨끗이 청소했으니까. 그렇긴 해도 그 냄새는 친숙했다. 물감과 아교 냄새만큼 친숙하진 않았지만 그래도 좋았다. 냄새, 맛, 촉감, 소리, 이 모든 것이 다 편안하게 느껴졌다. 모두 만족스러웠다. 아니, 어쩌면 소리는 아닌 것도 같았다. 살라이는 어느덧 레오나르도가 고용한 악사들이 작업장에서 연주하는 소리를 좋아하게 되었으니까. 그리고 굳이 따지자면 작업장이 보기에도 더 좋았다. 그 곳은 다채로운 색깔과 다양한 형태가 있었다. 하지만 음악과 미술은 어느 정도 포기할 수 있었다. 아니, 음악과 미술이 조금 모자라는 것이 더 편할지도 모른다. 살라이는 이 복잡하지 않은 사람들과 복잡하지 않은 것들을 부담 없이 이야기할 수 있을 것이다.

살라이가 다시 말을 꺼냈다.

"공작이 다음 달에 화가들과 수학자들을 모아 놓고 회의를 연대요."

젊은 대장장이는 도로테아를 멀뚱멀뚱 바라보았다.

"'공작'이라니, 일 모로를 말하는 거야?"

약혼자가 묻자 도로테아는 자랑스럽게 대답했다.

"그럼. 우리 오빠는 성에서 가까운 데 살거든."

카를로는 그 뒤로 저녁 내내 말이 없었고, 얼마 안 있어 살라이도 입을 다물었다. 아무리 흔해 빠진 이야기를 해도 다 뻐기는 것처럼 들렸다. 살라이는 이 곳에 어울리는 사람이 아니었다. 세상에는 소박한 사람들의 소박한 기쁨보다 더 큰 기쁨이 있었고, 살라이는 이제 그런 것이 필요했다. 살라이는 이 집에 만족하지 못할 만큼 자라 버린 것이다. 어린 시절의 단순하고 소박한 빛깔들은 더 이상 살라이의 것이 아니었다.

살라이는 작업장으로 돌아갔다.

레오나르도는 일 모로가 준 땅에 집을 짓기로 했다. 그리고 살라이에게 그 일을 감독하라고 했다. 살라이는 그런 일이 자기한테 더없이 잘 맞다는 것을 알고는 무척 놀랐다. 살라이는 가장 상스러운 일꾼들보다도 더 크게 고함을 지르고 더 심하게 욕을 퍼부을 줄 알았고, 그렇게 일꾼들을 부렸다. 욕하고 소리를 지르다 보면 속이 후련해졌다. 살라이는 화가 풀렸고, 레오나르도가 자신의 인격이나 명성에 직접 영향을 끼치지 않는 일에 대해서는 냉정하고 초연하다는 사실을 다시금 받아들이게 되었다.

살라이는 벽돌을 쌓고, 석회를 빻고, 안벽을 튼튼히 세워 집을 지었다.

어느 날 저녁 살라이가 작업장에 돌아와 보니, 침대 옆 탁자에 13스쿠도가 든 지갑이 놓여 있었다. 지갑 밑에는 '도로테아에게'라고 적힌 쪽지가 있었다. 쪽지에 쓰인 거울 글씨체는 틀림없이 레오나르도의 것이었다.

19

프랑스 군이 쳐들어오자, 일 모로는 어쩔 수 없이 자식들을 데리고 알프스 산맥을 넘어 독일로 도망쳤다. 공작은 자신의 도시와 보물을 야만스러운 프랑스 병사들한테 넘기고 떠나 버렸다.

프랑스 병사들은 파렴치한 무리였다. 대장들도 방바닥에 침을 탁탁 뱉고, 왕도 나무늘보처럼 게을렀다. 어느 날 밤, 술 취한 병사들이 성 안뜰에 있는 레오나르도의 하얀 말 점토상을 과녁 삼아 화살을 쏘아 댔다. 점토상은 백 군데도 넘게 구멍이 뚫려 비가 오자 스펀지처럼 빗물을 빨아들였다. 하늘이 흘린 눈물에 젖은 듯 말 점토상은 흐물흐물 허물어져 내렸다.

레오나르도와 살라이는 밀라노를 떠났다. 온 세계가 그들을 기다렸지만, 그들은 레오나르도가 청년 시절을 보냈던 피렌체로 가기로 했다. 살라이는 베아트리체가 사랑했던 도시

베네치아에 가 보고 싶었다. 금칠을 한 건물들, 물의 거리들, 양쪽에 상점들이 늘어선 다리가 있는 그 곳에.

레오나르도는 살라이의 뜻대로 피렌체에 가기 전에 베네치아에 들르겠다고 했지만, 그 길에 만토바에도 잠시 들르겠다고 했다. 만토바에는 이사벨라가 살고 있었다. 살라이는 이사벨라를 별로 좋아하지도 않는데다 베아트리체마저 죽은 뒤라 이제는 보고 싶지도 않았다. 옆에서 구경할 베아트리체도 없는데 이사벨라가 무슨 재미가 있겠는가. 살라이는 항의했다. 레오나르도는 이사벨라가 가르다 호수의 물고기들을 프랑스 왕에게 보냈다는 소문도 못 들었나? 베아트리체에 대한 의리도 없단 말인가? 피렌체에 빨리 가 봐야 되는 것 아닌가? 그렇지 않은가? 하지만 레오나르도는 급할 게 없었다. 그래서 두 사람은 먼저 만토바로 갔다.

이사벨라는 친절했다. 레오나르도를 위해 류트를 켜고 노래를 불렀고, 레오나르도가 노래할 때 열심히 귀를 기울였다. 두 사람에게 자신의 성을 구경시켜 주기도 했다. 성에는 천장이 낮고 문이 작은 방들이 있었는데, 난쟁이들이 쓰는 방이었다. 난쟁이들 가운데는 이사벨라가 직접 키운 난쟁이들도 있었다. 이사벨라는 자기가 훈련시킨 최고의 난쟁이를 골라서 울적해하는 친척들에게 보냈다.

살라이는 마텔로를 기다리고 있던 베아트리체와 처음으로 이야기를 나누던 때가 생각났다. 그 때 베아트리체는 이렇게 말했다. "넌 난쟁이치곤 균형이 아주 잘 잡혔구나."라고.

이사벨라가 성에서 가장 좋아하는 곳은 '그로토* 작업장'
이었다. 이사벨라는 그 곳에다 가장 값진 예술품들을 모아
놓았다. 이 방 저 방마다 상아와 은그릇과 십자가들이 진열
되어 있었다. 악기들도 많았는데, 난쟁이들의 방이 그들의
몸집에 맞추어졌듯이 악기들은 모두 이사벨라의 음계에 맞
추어 만들어진 것이었다.

중앙 전시실에서 조금 떨어진 방에 클라비코드가 놓여 있
었다. 로렌초 다 파비아만이 만들 수 있는 아름다운 클라비
코드였다. 살라이가 다가가서 살펴보니, 그 클라비코드는 흑
단으로 된 몸체에 라틴 어와 그리스 어 명구가 상아로 박혀
있었다.

살라이가 큰 소리로 말했다.

"어, 베아트리체 마님한테도 이것과 똑같은 게 있는데!"

"그랬지."

이사벨라가 고쳐 말했다.

"아, 그렇지!"

살라이는 베아트리체가 죽었다는 사실을 가끔 잊어버렸다.

이사벨라가 말을 이었다.

"프랑스 군에게 부탁해서 여기로 가져온 거야."

*그로토 : 지하 동굴이란 뜻.

"동생의 나라를 빼앗은 자들한테 부탁을 했다고요?"

"난 클라비코드를 구한 거야. 이렇게 훌륭한 작품은 길이 남아야 돼. 이 클라비코드가 레오나르도 선생의 말 점토상과 같은 운명을 맞게 하고 싶진 않아."

레오나르도는 칭찬으로 알아들었다는 표시로 공손히 절을 했다. 살라이는 아무 말도 하지 않았다.

며칠 뒤에 이사벨라가 사랑하던 개, 아우라가 죽었다. 이사벨라와 만토바 성의 사람들은 모두 깊은 슬픔에 잠겼다.

이사벨라는 울부짖었다.

"아우라는 늘 내 곁을 떠나지 않았는데. 그렇게 잘생기고 귀여운 개는 다시 없을 거야."

그렇게 미련한 개도 다시 없을걸, 하고 살라이는 생각했다. 아우라는 저보다 덩치 큰 개를 쫓아가다 절벽에서 떨어져 죽었던 것이다.

이사벨라는 아우라가 죽던 날, 저녁 식사를 하면서 내내 울었다. 그리고 큰 소리로 쉴새없이 탄식을 늘어놓았다.

아우라는 특별히 장식한 납 관에 담겨 이사벨라의 동물 묘지에 묻혔다. 성의 다른 사람들과 마찬가지로 레오나르도와 살라이도 장례식에 참석해 달라는 부탁을 받았다. 장례식 때는 페라라와 머나먼 로마의 유명한 시인들이 와서 순결하고 고귀한 아우라를 찬양하는 노래를 라틴 어와 이탈리아 어로 불렀다. 이사벨라는 베아트리체의 소녀 시절 모습을 흉상으로 만들었던 조각가 로마노에게 아우라의 묘비를 주문했다.

살라이는 웃어야 할지 화를 내야 할지 알 수 없었다. 그러다 웃는 쪽을 택했다.

이사벨라는 클라비코드뿐만 아니라 시인과 음악가들, 그리고 이탈리아를 돌아다니며 베아트리체에게 골동품을 구해다 주던 사람들까지 당연하게 차지했다. 이제는 모두가 이사벨라 밑에서 일했다. 살라이는 이사벨라가 레오나르도 다 빈치까지 차지할 속셈임을 훤히 알고 있었다.

살라이는 이사벨라가 레오나르도까지 손에 넣는 것을 막아야겠다고 결심했다. 레오나르도는 자신을 선택한 사람이면 누구든지 그 밑에서 일할 사람이었다. 레오나르도는 이사벨라에게 충성하는 것이 베아트리체를 배신하는 것이라고 생각하지 않을 것이다. 레오나르도는 자신의 천재성말고는 그 무엇에도 충성하지 않았다. 의리나 감정에 호소해 봤자 눈 하나 깜짝하지 않았다. 레오나르도는 자신이 그런 평범한 감정들을 초월했다고 여겼다. 그러므로 이사벨라가 직접 레오나르도를 만토바에서 몰아내게 하는 수밖에 없었다. 그리고 살라이는 이사벨라가 그렇게 하도록 몰아가야 했다.

살라이가 말했다.

"이사벨라 마님, 레오나르도 선생님은 마님께서 초상화 이야기를 더 이상 꺼내지 않으셔서 못내 아쉽다고 말씀하시곤 했어요. 선생님을 잘 아니까 드리는 말씀인데요, 그분은 워낙 수줍어서 마님께 먼저 말을 꺼내지 못한답니다. 저희 선생님이 돌아가신 베아트리체 마님을 그리지 않았다는 건 마님도 아시죠? 베아트리체 마님은 피부가 너무 까만데다 귀티도 나지 않았어요. 솔직히 그 마님은 선생님한테 예술적 감흥을 주지 못했다고 해야겠죠. 그래서 선생님이 베아트리체 마님의 초상화를 그리지 않았던 게 분명해요. 안 그러면 일 모로한테 사랑받았던 다른 두 여인은 왜 그리셨겠어요?"

그러고는 목소리를 낮추어 은밀히 속삭였다.

"물론 체칠리아 갈레라니와 루크레치아 크리벨리를 말씀드리는 겁니다."

이사벨라는 미끼를 물었다. 레오나르도가 수줍어한다면 그만큼 자신이 적극적으로 나서면 되었다. 이사벨라는 아양을 떨며 꼬리를 쳤다. 레오나르도는 자신이 귀족의 집에 머무는 손님이라는 걸 알고 있었기 때문에 요구에 순순히 따랐다. 목탄으로 이사벨라의 스케치를 그려 준 것이다.

레오나르도의 스케치는 상냥하지 않았다. 정직했기 때문이다. 레오나르도는 머리카락을 어깨에 늘어뜨린 이사벨라의 옆모습을 그렸다. 겹치기 시작하는 턱과 피둥피둥 살이 오른 어깨 선을 드러냈다. 그리고 가차없이 눈을 드러냈다. 아무런 기쁨도 없는 눈, 이기심이 그대로 드러난 눈을. 살라이는 그런 것들을 소리 없이 웅변하는 레오나르도의 스케치를 보면 이사벨라도 더 이상 초상화에 목을 매지 않을 거라고 예상했다. 그러나 그렇지 않았다.

이사벨라는 욕심이 너무 많았다. 이사벨라는 일생의 목표 가운데 두 가지를 달성할 기회가 바로 코앞에 다가왔으며, 그 두 가지가 하나로 합쳐지리라고 여겼다. 레오나르도 다 빈치의 작품을 손에 넣고 그토록 바라던 초상화를 얻게 된다면, 그야말로 꿩 먹고 알 먹는 셈이다. 이사벨라는 포기하지 않았다. 이사벨라의 눈을 그렇게도 정확히 묘사한 레오나르도라면, 이사벨라가 그럴 줄 능히 짐작했을 것이다. 사실 레오나르도의 마음 한구석은 그것을 알고 있었다. 하지만 레오나르도의 마음 가운데 침묵을 지키는 고독한 부분, 인정받고 싶어하는 부분은 그 사실을 눈감아 버렸다.

이사벨라는 낮이고 밤이고 귀찮게 졸라 댔다. 화폭에 그림을 그릴 때는 진득하지 못한 레오나르도, 그런 일은 되도록이면 제자들에게 맡겨 버리는 레오나르도, 이런 레오나르도는 늘 핑계를 대며 넘어갔다. 날이면 날마다 이사벨라는 초상화를 그려 달라고 졸랐고, 날이면 날마다 레오나르도는 미루었다.

이사벨라는 절대로 목소리를 높이지 않았다. 강력히 요구하지도 않았다. 명령하지도 않았다. 극진한 대접을 받았으니 보답을 해야 되지 않겠느냐고 은근히 눈치를 주지도 않았다. 그저 말하고 말하고 또 말할 뿐이었다. 살라이는 예전에 '이사벨라 말로는'이라고 농담했던 일을 떠올리며 웃었다. 성에

와서 5분 이상 머무는 사람은 누구나 이사벨라의 초상화 스케치를 보게 되었다.

이사벨라는 자신만만하게 말했다.

"레오나르도가 곧 이 창백한 뺨에 핏기가 돌도록 해 줄 거예요."

그러면서 손님과 레오나르도에게 웃음을 지어 보였다. 레오나르도도 미소를 지어 보였다. 이사벨라는 점점 활짝 웃는데 레오나르도는 웃음이 점점 희미해지는 것을 살라이는 눈치챘다. 머지않아 베네치아로 떠나리라는 징조였다.

그들은 떠났다.

20

두 사람은 베네치아에서 한 달 간 머무르다가 새로운 세기
가 시작되는 해의 봄에 피렌체에 도착했다. 레오나르도는 17
년 만에 처음으로 고향 땅에 발을 디뎠고, 살라이에게는 그
곳이 난생 처음이었다.

피렌체는 공화국이었다. 그래서 밀라노와 만토바와 베네
치아처럼 공작이 없었다. 예술 활동의 중심을 이루는 성도
없었다. 그 대신 예술을 후원하는 부자들이 많았다. 학문과
음악과 미술을 사랑하는 세력 있는 상인들도 많았다. 그들은
레오나르도가 오자마자 많은 작품을 주문했고, 시의 공공 사
업들도 맡겼다. 레오나르도는 젊은 조각가 미켈란젤로가 피
렌체 시를 위해 만든 다비드 상을 어디에 세울지 결정하는
위원회의 위원으로 임명되었다. 레오나르도에게 그런 일을
맡긴 것은 공작이 아니라 시의 원로들이었다. 시의 원로들은
레오나르도에게 시청의 한쪽 벽에 전투 장면을 그려 달라는

주문을 하면서, 미켈란젤로에게도 바로 맞은편 벽에 또 다른
전투 장면을 맡겼다.

　말수가 적고, 키가 크고, 잘생기고, 우아한 옷차림을 한 레
오나르도는 키도 작고, 못생기고, 옷도 아무렇게나 걸치고,
말씨가 빠른 미켈란젤로가 한 군데도 마음에 들지 않았다.
그리고 재기발랄한 미켈란젤로는 고향에 돌아온 까다롭고
예민한 선배를 만만한 표적으로 삼았다. 예술과 공학의 두
거인은 이렇게 사이가 좋지 못했다.

　베아트리체가 옳았다. 레오나르도는 정말로 껍질이 얇았
다. 그는 너무 쉽게 바람이 빠졌다. 베아트리체가 재능과 지
성의 거대한 산이라 부른 레오나르도는 자부심이 드높았다.
사실 살라이도 스승이 다른 사람에게 지는 모습은 보기 싫었
다. 살라이는 지금 피렌체의 학자들 사이에서 산다고 해서 예
전에 파비아의 학자들을 만났을 때보다 학문을 더 대단하게
여기지도 않았다. 하지만 살라이는 혀를 다스릴 줄 알게 되었
고, 혀를 잘 놀릴 줄도 알게 되었다. 살라이는 스무 살인 지금
도 그 나이의 절반이었을 때 스승을 위해 하던 일들을 계속했
다. 하지만 이제는 의식적으로, 그리고 양심적으로 일했다.
피렌체의 유명 인사들과 함께 저녁을 보내고 나면, 살라이는
스승에게 다시 바람을 넣어 주고, 재치 있고 거침없는 말을
해서 스승을 곧잘 웃겼다. 레오나르도는 결코 스스로 웃을 수
는 없지만, 거의 자신의 일부가 되어 버린 이 오만불손한 젊

은 친구를 보고는 웃을 수 있었다.

레오나르도한테는 새로운 하루하루가 적이었다. 레오나르도는 어제 일이 잘 된 것에 만족할 수 없었다. 시청 벽에 전투 장면을 그려 달라는 주문을 받았을 때, 레오나르도는 자신의 걸작을 그리는 것이 목표가 아니었다. 미켈란젤로의 작품보다 뛰어난 작품이 목표였다. 남들을 경악시킬 만한 작품이어야 했다. 그는 새로운 조제법으로 만든 물감을 써서 그림을 그린 다음 새로운 방식으로 말렸지만, 물감이 굳지 않아서 작품이 벽을 타고 흘러내렸다. 베아트리체가 말한 대로였다. 그 작품에는 적당히 사소하게 넘어가는 면이 없었다. 관객도, 주제도, 후원자도 중요했다. 아주 중요했다. 그리고 진지했다. 모두 진지했다. 레오나르도는 아주 열심히 노력했다.

피렌체는 예술을 사랑하는 도시였다. 피렌체 사람들은 새로운 예술 작품을 보기 위해서라면 어디라도 갔고, 어떤 불편도 감수했다. 그들은 문화에 열광했다. 레오나르도가 세르비테 수도회의 제단 뒷벽을 장식할 그림의 밑그림을 그리자, 살라이는 상인 몇 사람을 초대하여 그 작품을 보여 주었다. 그 상인들은 레오나르도 다 빈치의 작업장에 놓쳐서는 안 될 작품이 있다는 소문을 퍼뜨렸다. 곧 모든 사람들이 그림을 보고 싶어했다. 그 뒤로 남녀노소 가릴 것 없이 살라이가 그림을 전시해 놓은 방으로 밀려들었다. 살라이는 입장료를 받았다. 처음에 초대받았던 몇몇 상인들은 자신들이 미끼였다는 생각은 꿈에도 하지 않았다. 오히려 특혜를 입었다고 여겼다.

레오나르도가 산에 있는 은신처에서 돌아온다는 소식을 듣자, 살라이는 더 이상 관람객을 받지 않았다. 레오나르도는 또다시 진지하게 비행에 관한 연구를 시작했다.

살라이는 피렌체에 온 상인들에게 작업장을 구경시켜 주는 일이 즐거웠다. 누구나 얻는 것이 있었다. 상인은 집으로 가져갈 이야깃거리를 얻었다. 레오나르도는 자부심에 바람을 넣을 풀무를, 살라이는 수고한 대가로 돈을 얻었다. 공작들과 군주들은 성으로 돌아가 그 거장이 어떻게 생겼는지, 얼마나 조용조용하게 말하는지 이야기했고, 틈나는 대로 초상화를 그려 주겠노라고 '은밀히' 약속했다고 자랑했다. 레오나르도는 모두에게 약속했다. 언제나 약속했다. 단지 지키지 않을 뿐이었다.

하지만 이사벨라는 호락호락 물러나지 않았다. 오히려 초상화를 완성시키고야 말겠다고 더욱 굳게 마음먹었다. 이사벨라가 다른 이들보다 희망을 품을 만한 이유는 많았다. 레오나르도는 이미 약속을 절반쯤 지키지 않았는가. 이사벨라는 동생의 연적이었던 체칠리아 갈레라니한테 편지를 써서 레오나르도가 그린 초상화를 보내 달라고 간절히 부탁했다. 그 초상화를 보자 이사벨라는 불멸의 여인으로 남고 싶은 욕망에 활활 타올랐다. 그리하여 장장 3년 동안 초상화를 얻으려고 갖은 수를 다 썼다. 처음에는 편지로 졸라 댔다.

레오나르도 선생

당신이 피렌체에 자리잡았다는 소식을 듣고, 당신이 손수 그린 작품을 얻고자 했던 오랜 바람이 드디어 이루어지겠구나 하는 희망을 품었습니다. 당신은 이 곳에 머무르는 동안 내 초상화를 목탄으로 스케치했고 언젠가 채색해 주겠다고 약속했지요. 내 이 간절한 소망을 들어 주신다면, 당신이 정하는 대로 보수를 드릴 뿐 아니라 감사의 마음을 깊이 간직하고서 당신이 원하는 것은 무엇이든지 들어 드리겠습니다. 지금 이 시간부터 나는 언제든지 당신에게 도움과 기쁨을 드릴 준비를 하고 있겠습니다.

레오나르도 선생

당신은 얼마 전 안젤로 선생 편에 전갈을 보내 나의 간절한 소망을 기꺼이 들어 주겠노라고 했지요. 그런데 당신이 다른 주문을 많이 받는 걸 보니, 혹시 내 부탁을 잊은 건 아닌지 걱정스럽습니다. 그래서 이렇게 몇 자 적어 보내기로 했지요. 당신이 지쳐 있을 때 잠시 기분 전환하는 셈치고 이 작은 초상화를 그려 주십시오.

이사벨라는 레오나르도가 편지쯤은 쉽게 무시한다는 사실을 알아차리자 곧바로 피에트로라는 수사에게 자신의 편지를 전하고 레오나르도한테서 확실한 약속을 받아 오라고 했다. 그 결과 피에트로 수사는 옹색한 핑계를 가지고 그럴 듯한 편지를 짜내는 처지가 되었다.

　존경하는 공작 부인 마님

　제가 들은 바에 따르면, 레오나르도 선생은 생활이 매우 불안
정하고 불확실해서 그날 그날 살아가는 분 같습니다. 선생이 피
렌체에 온 뒤로 스케치(밑그림) 한 점밖에 그리지 못했고, 그나마
도 아직 끝내지 못했답니다. 선생은 두 제자가 그리는 초상화에
가끔 손을 대는 것말고는 아무것도 하지 않았습니다. 지금은 기
하학을 열심히 연구하고 있으며, 그림 그리기에는 넌더리가 나
있다고 합니다.

　존경하는 공작 부인 마님

　저는 레오나르도 선생의 제자 살라이를 통해 선생이 무슨 생
각을 하고 있는지 알아 냈습니다. 선생은 지금 수학 연구에 몰두
하느라 붓은 거들떠보지도 않는답니다. 선생은 늦어도 이 달 말
까지 프랑스 왕의 기분을 거스르지 않도록 왕과의 약속을 마무
리지어야 한답니다. 그러고 나면 다른 사람은 모두 제쳐 놓고 마
님께 봉사할 것입니다.

　존경하는 공작 부인 마님

　기쁜 소식이 있습니다. 나이는 젊지만 매우 재능 있는 레오나
르도 다 빈치의 제자 살라이가 마님께 멋진 선물을 드리고 싶다
고 합니다. 그러니 살라이가 그린 그림이나 그 밖에 다른 것이
갖고 싶으시면 제게 원하는 가격만 말씀해 주십시오. 마님을 기

쁘게 해 드리겠습니다.

존경하는 공작 부인 마님은 살라이의 제안을 받아들이지
않았다.

21

　살라이는 이사벨라가 편지를 보내며 애걸하는 것이 무척 즐거웠다. 그 즐거움을 위해서라면 우편 요금과 관람료도 기꺼이 냈을 것이다. 작업장에 오는 많은 사람들이 이사벨라의 소식을 가져왔다. 아무리 좋은 소식이 들려 와도 살라이는 이사벨라가 좋아지지 않았다. 살라이는 레오나르도가 교회에서 주문받은 일들과 기하학과 비행 연구로 바쁜 것이 오히려 기뻤다. 레오나르도가 짬을 내서 이사벨라의 초상화를 마무리지을 염려는 거의 없었다. 조만간 이사벨라는 보석 반지를 낀 자신의 하얀 손에 닿지 않는 보물이 있다는 것을 깨닫게 될 것이다. 만토바를 떠난 지 3년이나 지났건만, 레오나르도는 아직도 초상화를 완성하지 않았다. 물론 이사벨라도 아직 포기하지 않았다. 어쩌면 3년이 더 지나야 깨닫게 될지도 모른다. 살라이는 무슨 수를 써야 했다. 편지도 아니고, 이사벨라가 레오나르도한테서 작품을 얻을 수 없음을 깨달

을 때까지 무작정 기다리는 것도 아니었다. 정중하지만 약간
은 치사한 결정적인 방법이 필요했다.

그러던 어느 날, 살라이가 작업장에서 성모 마리아와 아기
예수를 그린 스케치의 배경을 고치고 있는데, 한 상인이 문
앞에 나타났다. 레오나르도는 시골집에 가서 강의 흐름과 새
의 비행을 연구하고 있었기 때문에, 이 상인은 돈벌이가 안
되었다. 그는 피렌체 상인이었던 것이다. 만약 다른 도시의
상인이었다면 레오나르도가 작업장에 없다 해도 돈을 받을
수 있다. 그들은 고향에 돌아가서 레오나르도 다 빈치의 작
업장에 가 봤다고 자랑하는 것만으로도 만족했다. 그 때 레
오나르도는 작업장에 없었다는 사실을 덧붙이는 것도 깜빡
잊고서 말이다. 하지만 이 사람은 그런 반토막 거래에 돈을
내지 않을 것이다. 살라이는 딱히 정중하게 대할 이유는 없
었지만, 습관처럼 그를 예의바르게 맞이했다.

"안녕하십니까, 무슨 일로 오셨죠?"

"저…… 저는…… 그러니까…… 어…… 레오나르도……
레오나르도 선생님을 뵙고 싶습니다."

"선생님은 지금 안 계십니다. 뭘 도와 드릴까요?"

"그럼…… 어, 언제쯤 돌아오실까요?"

살라이는 상냥하게 대답했다.

"내일 오실 수도 있어요. 일 주일 뒤에 오실 수도 있구요.
선생님은 상인이 아니라 예술가니까요. 시간이 딱딱 정해져

있지 않답니다."

사내는 씨익 웃더니 작업장 안에 발을 들여 놓았다.

"실례합니다. 저, 저는 상인입니다."

그는 살라이의 책상 앞으로 다가와서 지갑을 내려놓았다. 살라이는 노련한 눈썰미로 지갑의 크기와 두께만 보고서도 금화 오십 닢이 들어 있다는 것을 알아챘다.

"저는…… 어…… 레오나르도 선생님께, 그…… 그림 한 점을 부탁드리러 왔는데요."

살라이는 지갑을 집어 들어 공중으로 가볍게 던져 올렸다 받았다. 역시 금화 오십 닢이야. 살라이는 사내를 쓱 훑어보았다.

"지금 프랑스 왕께서도 그림을 기다리고 계시고, 만토바 후작 부인께서도 3년이 넘게 초상화가 완성되기를 기다리고 계십니다. 두 분 다 레오나르도 선생님한테 그림 가격을 정하라고 하셨지요."

살라이는 지갑을 다시 한 번 던져 올렸다.

"어떻게 레오나르도 선생님한테 그림을 부탁할 생각을 했지요?"

사내는 집게손가락을 세워 동그라미를 그렸다. 그리고 그 손가락으로 자기 가슴을 가리키며 말했다.

"저는 돈을 냅니다."

그러고 나서 다시 한 번 동그라미를 그리고는 살라이를 가리키며 덧붙였다.

"선생님은 그림을 그리시구요."

살라이는 계속해서 말했다.

"아주 훌륭한 그림을 원하시는 것 같군요. 구유에는 온갖 동물들이, 하늘에는 무수한 별들이 반짝이는 '동방 박사의 여행'을 벽만한 크기로 그려 달라고……."

상인은 다시 집게손가락을 들어올리며 말했다.

"아니오. 죄송합니다만, 선생님을 무…… 무척 존경하지만 저…… 저는 여행 그림을 바라는 게 아닙니다."

그는 살라이한테서 지갑을 빼앗아 도로 탁자에 탁 놓으며 말했다.

"이 돈으로, 아…… 아내의 초상화를 그리고 싶습니다."

그러고는 구부정한 등을 돌린 채 다리를 높이 쳐들고 성큼성큼 문 쪽으로 걸어갔다. 상인은 살라이를 잠깐 돌아보며 "실례합니다."라고 말한 뒤 문 밖으로 나갔다.

살라이는 너무 웃겨서 화도 나지 않았다. 살라이는 일단 붓을 내려놓았다. 상인은 자기 나이의 절반밖에 돼 보이지 않는 젊은 아내를 데리고 돌아왔다.

그 여인은 무척 쑥스러워했다. 여인은 고개를 숙인 채 남편을 따라 작업장으로 들어왔다. 살라이가 인사를 건네자 여인은 고개를 들어 곁눈으로 살짝 살라이를 보았다. 그 표정은 너무나 뜻밖이었다. 표정은 두 가지였다. 너무나 친숙하기도 하고 전혀 낯설기도 했다. 그것은 무엇일까? 미소 때문일까? 표정 때문일까? 대체 무엇일까?

살라이는 그 여인을 다시 보았다. 그녀는 베아트리체와 같은 또래였다. 바로 그것이었다. 그 여인은 살라이가 알고 있던 베아트리체였다. 그래서 친숙하게 느껴졌던 것이다. 하지만 그 여인은 낯설기도 했다. 다음 순간 살라이는 깨달았다. 베아트리체가 살아 있다면 바로 그 여인과 같은 모습이리라는 것을.

이 여인은 자신이 예쁘지 않다는 사실을 알고 있었고, 그 사실을 받아들이며 살아가는 법을 터득한 사람이었다. 이 여인은 자신을 인정함으로써 깊고 은은한 아름다움을 갖게 된 사람이었다. 머릿속의 잣대로, 오직 자신의 잣대로 사람들을 바라보는 듯한 표정의 여인, 기쁨을 주는 법과 고통을 주는 법을 아는 여인, 인내하는 법을 아는 여인, 무수한 겹으로 감싸인 여인.

생각이 거기까지 미친 순간, 살라이는 자기가 레오나르도에게 이 여인의 초상화를 그리라고 설득하리라는 것을 알았다. 이 여인의 얼굴에 떠오른 것을, 그것을 화폭에 담을 수 있는 사람은 오직 레오나르도뿐이었다.

그 여인의 초상은 레오나르도가 그리지 못했던 베아트리체의 초상이 될 것이다. 레오나르도는 스스로 원해서, 그리고 또 살라이가 바라기 때문에 그 초상화를 그릴 것이다. 이

162

사벨라한테는 얼마나 멋진 대답인가! 완벽했다. 레오나르도가 농부의 아내보다 크게 나을 바 없는 신분의 여인에게 초상화를 그려 준다. 레오나르도는 이 여인에게 머리를 풀게 하고, 수수한 옷을 입히고, 소박한 자세를 취하게 할 것이다. 레오나르도는 이사벨라에게 기울일 뻔한 모든 것을 이 여인에게 쏟을 것이며, 이사벨라는 초상화에서 자신이 원했던 것들이 결국은 다른 여인의 초상화 속에서 구현되었음을 확실히 깨닫게 될 것이다.

살라이는 고개를 젖히고 그 여인을 바라보았다. 아, 레오나르도는 멋진 작품을 그려 낼 것이다. 그뿐 아니라 혼자서 그릴 것이다. 어떤 제자도 손대지 못하게 할 것이다. 그 작품은 체칠리아나 루크레치아의 초상화보다, 혹시 이사벨라의 초상화를 그렸다 해도 그보다 더 훌륭할 것이다. 귀족들이 정한 대로 따를 필요도 없고, 거추장스럽고 화려한 장신구도 없을 테니까. 그것은 베아트리체이되 더 훌륭한 베아트리체이리라. 왜냐하면 이 여인은 중요하지 않은 요소, 즉 진지하지 않은 요소, 레오나르도가 위대한 작품을 만드는 데 꼭 필요하다고 베아트리체가 말했던 그 격렬한 요소이기 때문이다. 살라이는 레오나르도에게 이 초상화를 그리라고 다그침으로써 베아트리체가 자기에게 당부한 책임을 완수할 것이다.

살라이는 돈이 든 지갑을 공중으로 던졌다 받았다.

"선생님이 부인의 초상화를 그리시도록 하겠습니다."

살라이는 자기 서랍에 지갑을 넣고 여인 쪽으로 돌아섰다. 다시 한 번 그 여인과 눈이 마주쳤다. 살라이는 그녀에게서 눈을 떼지 않은 채 상인에게 물었다.

"그런데 부인의 성함이 어떻게 됩니까?"

상인은 발뒤꿈치를 착 붙이고는 씨익 웃으며 살짝 절을 하고는 팔을 자기 부인 쪽으로 뻗으며 대답했다.

"소개하겠습니다. 이 사람은…… 음…… 얼마 전에 저와 결혼한 모나*리자입니다. 저요? 저는 조콘다라고 합니다."

*모나 : '결혼한 여자'를 가리키는 이탈리아 어. 여성에 대한 경칭으로 매우 시적인 의미가 있다.

모나리자 | 파리, 루브르 박물관

노인과 젊은이(살라이로 추측됨) │ 피렌체, 우피치 미술관

레오나르도의 자화상 | 토리노, 왕립도서관

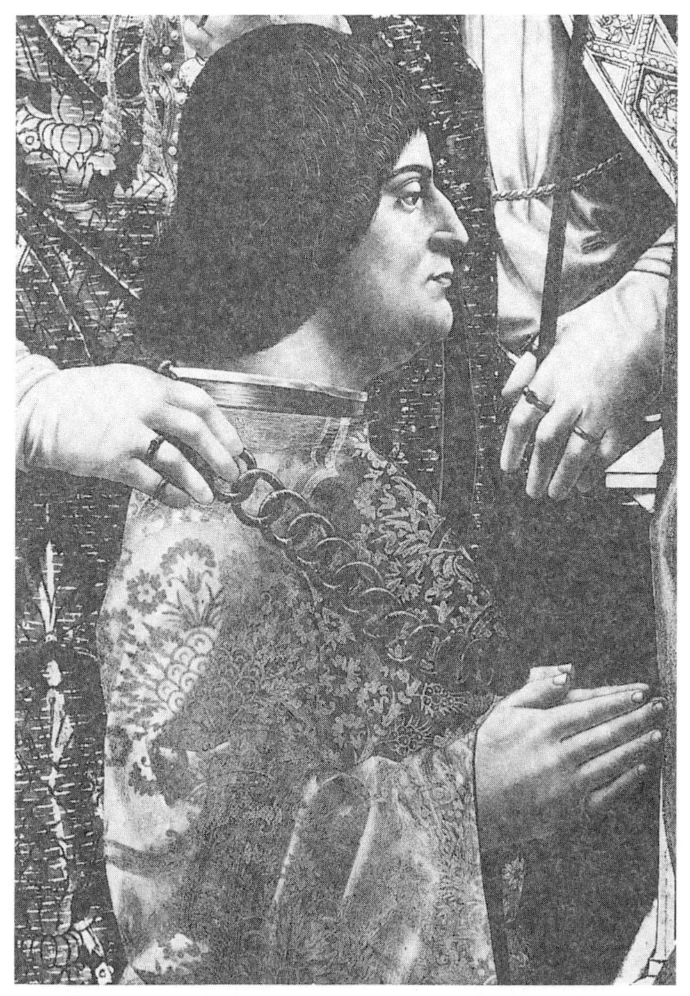

루도비코 스포르차(마에스트로 델라 팔라 스포르체스코가 그린 스포르차 제단화의 일부) | 밀라노, 브레라 회화관

흰 담비를 안은 여인(체칠리아 갈레라니의 초상화) │ 크라쿠프, 차르토리스키 미술관

이사벨라 데스테의 스케치 │ 파리, 루브르 박물관

베아트리체 데스테 흉상(잔 크리스토포로 로마노 작품) | 알리나리 예술자료관

베들레헴의 별꽃과 다른 식물들 │ 영국 윈저 궁 왕실도서관

최후의 만찬 | 밀라노, 산타 마리아 델레 그라치에 수도원

거짓말쟁이와 모나리자

2000년 7월 15일 1판 1쇄
2024년 5월 1일 1판 39쇄

지은이 E. L. 코닉스버그
옮긴이 햇살과나무꾼

편집 김태희, 박찬석, 조소정 | **제작** 박홍기
마케팅 이병규, 김수진, 강효원 | **홍보** 조민희

출력 블루엔 | **인쇄** 코리아피앤피 | **제책** J&D바인텍

펴낸이 강맑실
펴낸곳 (주)사계절출판사 | **등록** 제406-2003-034호
주소 (우)10881 경기도 파주시 회동길 252
전화 031)955-8588, 8558 | **전송** 마케팅부 031)955-8595 편집부 031)955-8596
홈페이지 www.sakyejul.net | **전자우편** literature@sakyejul.com | **블로그** blog.naver.com/skjmail
페이스북 facebook.com/sakyejulteen | **인스타그램** instagram.com/sakyejul_teen

값은 뒤표지에 적혀 있습니다. 잘못 만든 책은 구입하신 서점에서 바꾸어 드립니다.
사계절출판사는 성장의 의미를 생각합니다. 사계절출판사는 독자 여러분의 의견에 늘 귀 기울이고 있습니다.

ISBN 978-89-7196-854-3 44840
ISBN 978-89-5828-473-4 (세트)